烽火少年行——林声传

康启昌◎著

北方联合出版传媒（集团）股份有限公司
春风文艺出版社
·沈 阳·

图书在版编目（CIP）数据

烽火少年行：林声传/康启昌著. —沈阳：春风
文艺出版社，2019.5（2022.2重印）
ISBN 978 - 7 - 5313 - 5596 - 0

Ⅰ.①烽… Ⅱ.①康… Ⅲ.①传记文学 — 中国 — 当代
Ⅳ.①125

中国版本图书馆CIP数据核字（2019）第062114号

北方联合出版传媒（集团）股份有限公司
春风文艺出版社出版发行
http://www. chunfengwenyi. com
沈阳市和平区十一纬路25号　邮编：110003
永清县晔盛亚胶印有限公司印刷

责任编辑：刘　维　　　　　装帧设计：琥珀视觉
责任校对：陈　杰　　　　　幅面尺寸：160mm × 230mm
字　　数：180千字　　　　　印　　张：11.5
版　　次：2019年5月第1版　印　　次：2022年2月第2次
书　　号：ISBN 978-7-5313-5596-0
定　　价：48.00元

离休后于1997年与老伴李云同游广东

85岁时于赤峰创作新辽三彩

父亲 林肇余　　　　　　　　　　母亲 李海英

1946年春考入临江中学　　　　　　1946年就读于临江中学一年级

1947年7月参加临江林子头区土改工作队

1947年10月参加临江县委土改工作队

1948年1月离开临江的时候

1946年临江中学礼堂前合影。三排右九：林声，右八：隋一方，右三：孙洗兰

1947年在临江林子头区土改工作队与临江中学师生合影，左一为宫开五，时任林子头区区委书记。二排右一：林声

1947年10月5日欢送马科校长和成老师合影留念。一排左起:许九奎、马科、成老师；二排左二：于春荣，左三：隋一方，左四：孙洗兰；三排右三：林声，右二：马子荣，右一：彭才

1948年元旦于临江合影。前排左起：彭才、孙洗兰、江帆部长、张静怡、蔡天心妹妹；后排左起：孙洗范、张洪宇、胡玉田、刘青山、杨老大爷、蔡天心、隋一方、宋玉、马子荣、林声

1977年7月于沈阳与大姐合影。左一：林声，左三：林基卿

序：听唱新翻杨柳枝

——为《烽火少年行——林声传》而作

古　耜

前些时，我一向敬重的康启昌老师把她新近完成，即将由春风文艺出版社付梓印行的《烽火少年行——林声传》（以下简称《少年行》）的清样寄给我，命我写篇序言，这无疑给我出了一道不小的难题。记得余光中先生曾将自己多年撰写的序文裒为一集，名之曰《井然有序》。依我的理解，这"序"之"井然"里，是包含着规矩和惯例的——康老师是新时期之初即驰骋于文坛，迄今八秩有五，依旧笔耕不辍的前辈作家。几十年下来，不仅著述丰盈，而且德高望重，她的新著，岂是吾侪可以置喙？

然而，我最终还是决定姑且放下有可能僭越的顾虑，遵命泚笔，勉为其"难"。之所以如此，除了康老师的再三敦促，真诚抬爱之外，还有一个重要原因，就是我在抱着学习的态度，认真拜读了《少年行》之后，突然觉得有话要说。这种不期然而至的言说冲动，无疑来自《少年行》的艺术感染与启迪，但同时又似乎联系着更为广泛与普遍的传记乃至文学创作，因此，将其付诸笔墨，当不至于是全无意义的"马达空转"。

《少年行》的传主林声，1947年参加我党在东北的土改工作，不久转至文化宣传和共青团岗位，投身解放战争。新中国成立后，相继供职于辽宁多地和省级机关，离休前历任辽宁省副省长、省政协常务副主席、党组副书记，是一位地道的老党员、老革命。《少年行》撷取林声同志少年时代的生活场景，集中描述了主人公在战争背景下和动荡岁月里由普通学子成长为职业革命者的一段经历。毫无疑问，这样的传记内容，很容易让人联想起《鸡毛信》《小兵张嘎》《闪闪的红星》这一类作品，它呼应和衔接着革命历史题材的大血脉、大范畴，体现出作家回归并致敬红色传统的切实努力。不过，同样是状写烽火少年，《少年行》与以往某些同类作品相比，分明承载了属于作家自己的一些探索、思考与追求，这些独特的文心为一个似曾相识的"老故事"注入了新鲜色彩和陌生元素，进而使红色少年叙事的推陈出新、与时俱进成为可能。

在不少描写红色少年的作品中，小主人公参加革命斗争的非凡事迹或英雄行为常常构成笔酣墨饱的情节主线和叙事重心，以此传递事业的正义性和精神的感召力。相比之下，同样是聚焦红色少年的《少年行》，在艺术表现上呈现出别样形态——作家没有更多地描绘小主人公加入革命队伍之后的情况，而是自觉借鉴儿童小说中常见的"成长"主题的表达范式，以主要篇幅讲述了传主在时代和生活激流的淘洗下，寻找精神坐标，确立人生志向，最终投身革命的历程。

这时，读者眼前浮现出小主人公生动鲜活，立体多面且不断发展变化的传记形象：小时候在家里，他活泼、顽皮，不时惹一点儿小麻烦，但也聪明、伶俐，显示出有主见、"能立事"的心性；上学后，聂老师、张老师、周老师像三支"红烛"，相继给了他思想、道德和学业的照耀，使他能在动荡压抑的环境中健康成长；东北沦陷，日寇砍下杨靖宇头颅拉到全县示众，如此暴行没有把他吓倒，反而坚定了其爱国情怀；东北民主联军进入临江，他在红色伉俪蔡天新、江帆的感召、关怀和指导下，积极参加宣传、支前、土改等工作，终于成为革命队伍中的一员。与此同时，他的写作才华得到最初的展示；他通过阅读知道了保尔，并经历了保尔式的青涩而无果的恋爱……所有这些连同与之相生相伴的胶东海滨和长白山下的民俗风情，构成了一幅兼有地域特色和历史意味的艺术画卷，从而使读者真切地领略了那一代革命者的心灵线索与青春轨迹，以及其中蕴含的多方面的人生真谛。

综观近年来的红色少年叙事，努力强化人物、情节的历史感与真实性，已成为不少作家和作品的共同追求，《少年行》亦复如此。全书从布局谋篇到走笔洒墨，都贯穿着对历史的充分尊重和对真实的严格持守。正如作家在"前言"中所写："我注重笔下人物心灵的真实……真实不代表完美。一块经过加工的美丽的石头，它只能是块石头；而一块真正的璞玉，纵然遗憾地有些瑕疵，却是一块真实的美玉。"值得特别称赏的是，作家崇尚传记的真实，但又没有让笔墨止于生活表象的还原和罗列，而是自觉立足时代所提供的认识高度，从写真实的基本理念出发，在近乎原生态的艺术再现中，很自然地引入了行为观察、人性透视和历史反思，从而使作品呈现出更为奇特也更有深意的艺术景观：

——在投身红色革命的道路上，小主人公领导儿童团员们，取得了抓获毒贩子，收缴大烟土的胜利，但也上演了闯进城隍庙，搬下城隍爷的闹剧。这种"有扬有抑"的情节设计，不仅展现了小主人公成长进步的曲折与不易，同时也折射出革命事业本身所需要的包容性与策略性。

——以工作队员的身份参加土改后，小主人公开阔了视野，丰富了阅历，有效地锻炼和提升了自己：一方面，通过较长时间的深入农村，他真切地了解到中国农民穷困悲苦的生活状况，认识到造成这穷困悲苦的社会和制度原因，从而义无反顾地投身到帮助农民翻身做主人的土改运动中。另一方面，在土改过程中，他敏锐地感受到一些应当申明和需要拨正的问题：譬如，流氓无产者即使再穷，也不能成为土改的依靠对象；划成分，分家产要严格掌握政策，不能随意搞扩大化。正是基于这一认识，他毅然把被农民会没收的《红楼梦》《资治通鉴》等书，送还富农子弟周老师。应当承认，诸如此类的描写，不仅成功地再现了传主当年参加土改的历史现场，而且透过这些，传递出作家对共产党人美好情操的由衷赞美和殷切呼唤。

就行文叙事而言，《少年行》亦有自己的特点和个性。在这部作品中，传主和作家是相识且相知的老熟人、老朋友。传主以过来人的口吻，深情讲述自己的少年经历；作家本着以客观实录为主，同时不放弃主体参与的原则，对听到的传主经历加以能动转述乃至合理重构。当作家的笔墨更多贴近传主的讲述时，迎面而来的是一种灵动活泼的少年视角，连同一种清新亮丽的艺术笔调；而当作家沉浸于由传主经历所引发的心灵思索与想象性叙事时，诉诸笔端的则更多是一种成年人的冷静、老道与睿智。这两种视角、两种笔调穿插行进，交替出现，便构成了作品摇曳多姿，变幻有致，引人入胜的叙述效果。

总之，一部《少年行》是老作家的新探索，老题材的新变奏，老故事的新演绎。它以自身的成功告诉人们，文学创作的"新"与"老"是可以良性转化，"老"中出"新"的。"请君莫奏前朝曲，听唱新翻杨柳枝。"我愿借唐人刘禹锡的诗句，来形容自己阅读《少年行》的感受，同时与作家以及所有的文学同道共勉。

前言：我看好你灵魂的真

康启昌

2016年8月，《李仲元传》的第一卷《少年不识愁滋味》出版之后，辽宁少年儿童出版社于8月13日在绿江春酒店召开了一个四十人参加的新闻发布会。会后午宴，众宾齐欢，共同举杯，祝我日暮霞辉、老有所为。我深受鼓舞，与大家一同起坐喧哗，饮少辄醉。

中秋节前夕，几年不见的老领导林声同志驱车过来看我。谈到他近年来忙于辽三彩的大事，根本无暇顾及曾经热爱的散文创作。我向他报告，我最近收获的喜讯，并且提醒他二十年前的计划："你的回忆录，是不是也该动笔啦？"他轻叹一口气："唉！我现在是焦头烂额，有心无力，顾不上喽！"想到他刚强自信了一辈子，也有力不从心的无奈，我不能不感叹自然界这寒来暑往的残酷无情。鉴于我与他将近三十年的友情和相互的了解，我当即表态："如果你想写，我愿意为你捉刀代笔！趁我脑子还管用，趁你记忆还灵敏。"他眼前为之一亮："好哇，我这眼睛，还有最后一针注射，然后我们马上就开始。"他就是这样一个真实而爽快的人！我们若合一契，一拍即合。这是2016年9月19日的下午。

也就是这一天的上午，我收到《满族文学》寄来的样本和稿费。前几天，《福建文学》《文艺报》《沈阳日报》也寄来样刊、样报和稿费。

小小收获，大大欢喜。我说，我要感谢秋天。秋天是我创作的春季，"野芳发而幽香"；秋风给我创作的灵感，"风霜高洁，水落而石出"。前年此刻，我的第一部传记文学《阳光少年》已经写出了五章，进度好快；去年此刻，我的第二部传记文学《少年不识愁滋味》，也已潇洒启程；今年此刻，我将轻装简行，跨海越省，探访烟涛微茫的蓬莱仙境。蓬莱是传说中神仙居住的地方，虚无缥缈，迷离飘忽。那里也是林声的诞生地。

1931年1月19日（农历腊月初一），林声诞生于渤海之滨的蓬莱，一个叫"泊子"的小渔村。时空背景，均给这个初生的婴儿涂上一层神秘的光环。描写这个少年成长的环境、道路及心理成长的历程，对我这个八十四岁的老人而言，将是一次不小的挑战。但我快乐，我将这次采访和写作，作为一次浪漫之旅，去一个陌生而神秘的地方，寻觅我的传主少年时代特立独行的足迹，我将熙熙而乐。有人问我，除了喜欢这个神秘的题材，你还有什么别的写作目的吗？比如，它对当代少年的思想成长有什么引领意义？它对当代少年的励志成才将有哪些形而上的启发？我的回答也许会让你失望。因为说实话，这些都不是我的写作目的。我写作的初心，并没有把自己举到灵魂工程师的高位上，我不能自诩高明，去对读者进行指手画脚的灵魂改造。我注重笔下人物心灵的真实。当然，真实不代表完美。一块经过加工的美丽的石头，它只能是块石头；而一块真正的璞玉，纵然遗憾地有些瑕疵，却是一块真实的美玉。我信仰的美是大自然的真实，真实的美，必然闪烁人性的光辉，哪怕它有瑕疵。我认为，没有个体生命善恶美丑的灵魂碰撞，只有一些大而无当的宏观叙述，不会打动我易感动的心灵，更不能感动读者，那我写它何用？

我对我的朋友说：其实，我看好他灵魂的真！

目 录

第一章　祖父的花甲年

你从雪山走来，春潮是你的风采。

你向东海奔去，惊涛是你的气概。

你用甘甜的乳汁，哺育各族儿女。

你用健美的臂膀，挽起高山大海。

…………

——胡宏伟《长江之歌》

林声，原名林基森，乳名乐芳。1931年1月19日（农历腊月初一），乐芳诞生于山东省蓬莱县（今蓬莱市）泊子村一户农家的土炕上。小乐芳生得白白胖胖，深得全家人宠爱，祖父林毓丰把他视为吉祥物。祖父这年六十岁，正逢花甲之年。古时用干支纪年，六十年为一个甲子，周而复始。林毓丰与刚出生的小孙子同为庚午年。天生的巧合就是生命中的奇缘，所以林毓丰对这个生于他花甲之年的第四个孙子比前几年得到的长孙还重视。他呵呵笑着说："这小子长得福相，俺林家的日子该红火喽！"

日子是红火了。为庆祝他的六十大寿，他的大儿子林肇龙专门给他定做一身长款的蓝缎子大襟皮袍，一双千层底棉鞋。林毓丰长得端正，打扮起来与城里的绅士没什么两样。大家都说，人靠衣裳马靠鞍，老爷子穿上这身衣裳比王家的三老爷还气派。但是，林毓丰觉得不大舒服，

穿成这个样子怎么干活呀？还是他的粗布羊皮袄更合身。不过，乐芳过百日那天，十多位亲戚前来祝贺，老爷子还是把这身华丽的行头换上了。他不拘一格，在皮袍的外面又系上一条崭新的两寸多宽的蓝布腰带。腰带从前向后围去，既不像城里人那么文质彬彬，也不像庄稼人那么土里土气，倒有几分武状元的派头。他抱起穿着红绸连体袄裤的小乐芳，让他脸朝外面向宾客，把他的小脚塞进爷爷的腰带里接受大家的祝贺。林毓丰笑容满面，再也掩饰不住内心的欢喜，他笑着，夸耀自己的孙子："这小子，生下来就是八斤，就是爱笑！"大家附和着，都说老爷子洪福齐天，儿子当上了二掌柜，有出息、有作为；孙子孙女个个都是龙驹凤雏，真是一代更比一代强啊！

"哎呀！尿了，尿了！"大家哄然大笑。林毓丰更是高兴，他把小乐芳举起来："好哇，你小子就是有尿！"

林毓丰生于1870年，那时是乱世，兵连祸结。1898年3月6日，清政府被迫与德国签订了《胶澳租界条约》，将胶州湾及湾内各岛总面积五百五十余平方公里土地租与德国，租期九十九年。于是，德国在山东修筑铁路，开发矿山，开办纱厂、商店……曾经封闭的胶州湾被迫打开门户。德国的经济理念、法国的文化等，不可阻挡地涌进了山东，连泊子这样名不见经传的小渔村，也见到了碧眼黄发的基督教传教士，也用起了各式各样的洋货。

　二十八岁的林毓丰是个倔强的山东汉子。他从小就痛恨洋人，痛恨清政府软弱无能，但他不保守。他喜欢使用洋火（火柴）、洋油（煤油）、洋蜡、洋钉……喜欢思考：同样都是国家，人家为什么强大；同样住在泊子村，为什么王家越过越红火，刘家越过越穷；他林家应该怎样发家致富。

　泊子村濒临渤海，悠久的历史穿插着美丽的神话，人们迈着轻快的脚步从历史深处走来。传说，渤海龙王有一个孙子，名叫"泊子"。泊子生性豪爽、宅心仁厚，特别关心人间百姓的疾苦。他平日里时常游走于当地沿海，及时为黎民百姓兴云布雨，保护民间五谷丰登。百姓都赞美泊子、感谢泊子。但是东海还有一条名叫黑子的恶龙，他生性顽劣、无恶不作，时常兴风作浪，祸害当地百姓。它见泊子深受人们爱戴，心生嫉妒，便在暗中使坏。有一次趁泊子不在，黑子就搅起狂风，掀起惊涛骇浪，沿海百姓深受其害，整天提心吊胆，日子过得很不安稳。泊子听说后马上赶回来，与黑子进行了一场殊死的搏斗，最后拼尽全力，终于将黑子降伏了。从那以后，沿海一带风调雨顺，渔民过着安定的生活。为了铭记泊子的功德，人们将村名叫作"泊子"，他们还在村东头为泊子建立了"龙王庙"，四季供奉香火，代代相传。虽然泊子降伏了黑子，却抵挡不了洋人的枪炮。在林毓丰生活的六十年里，胶州湾提前进入半殖民地半封建的畸形社会，林毓丰固守田园的梦破灭了。他分析泊子村的形势，觉得光靠土里刨食、面朝黄土背朝天是不行的。要改变林家的命运，就要像王姓家族那样，打开大门，让孩子们走出去，上学读书，经商致富。

王家显赫，他们以经商为主业。门口的对联写着"生意兴隆通四海，财源茂盛达三江"。到了读书年龄的男孩儿皆有书读，成年男子近在烟台、青岛，远至东北三省，甚至全国各地都有企业。他们接受了资本主义市场经济的运作方式，首先富起来了。据《蓬莱县志》记载，有一位名叫王维仲的青年，十八岁开始闯关东，去奉天（今沈阳）与友人合资，创办了东北第一家铝制品加工厂。就是这个人带动了一大批王氏后生，发展经济，成为泊子村最早富起来的少数人。村里人口最少的家族是林姓。不知道他们是何时从何地迁到泊子来的。听说，他们也是从小云南来的，但小云南在哪儿？谁也不知道。他们的祖辈或耕或渔，都把蓬莱当作故乡，从来不想离开泊子。林毓丰继承祖上的几亩薄田，勤俭度日，丰年尚可维持温饱，但遇荒年，便要忍饥挨饿。小时家贫，没

有念过一天书，这是他一生的遗憾。长大后，他悟出一个道理，要改变林家的命运，必须让儿子读书经商。一个人没有文化就是个呆瓜，一个国家没有文化就得落后挨打。他自己首先弥补遗憾，二十七岁那年，他背着一袋自己种的粮食到邻村的私塾求学。一袋粮食换来一个月的学业，他受到了汉字的启蒙。在这个基础上，他开始自学，勤俭耕读。古时候，有李密挂角读书，他林毓丰怀里总是揣着一本线装书。休息的时候，他不像别的农民拧一袋烟，吧嗒吧嗒吐出一缕青烟，而是在田间地头读书。到了不惑的年龄，他的学问在泊子村已经首屈一指。泊子村唯一的秀才王启国，遇有弄不通的易经八卦，常常登门向他求教，称林毓丰为先生。先生的最大智慧，便是培养儿子读书经商。

林毓丰生有两个儿子、三个女儿。他紧勒裤带，省吃俭用，送儿子读了三年私塾，十三岁的时候，两个儿子都被他先后送往东北亲戚家的店铺做学徒。学徒的营生非常艰苦。乐芳的父亲林肇余，十三岁的时候就在临江的一家布匹商店当学徒。他早起晚睡，一天劳动十几个小时，出大力、干重活，还要抽出时间自学书法、算盘，三年之后才能站柜台卖布。他口齿清楚、手脚利落、态度和气，为人仁义厚道，刚满二十岁就能去天津、上海进货。乐芳的诞生，果然是林家命运的转折点，就是那年，三十而立的林肇余被提升为账房先生。由于干出了成绩，劳金（工资）也越赚越多，林肇余年年都往家寄钱。祖父在家买地、盖房，给儿子定亲娶媳妇。林家的日子，不是泡沫，而是实实在在的大馒头——发起来了。

在乐芳的记忆里，祖母是一位独享清闲的老人。三个女儿早早出嫁了，儿子成亲后，媳妇接班，她落得清闲。在全家人起早贪黑忙得团团转的时候，她总是一个人静静地坐在炕上。她不吃斋，不念佛，却好像参了禅，悟了道。人在五行中，心在红尘外。啥事都不管，啥事也不操心。冬天守着一个有一点儿热气的铁火盆，夏天则轻轻地摇着一把破蒲扇。一年四季，她与一只老猫为伴，猫打呼噜，她打瞌睡。她没病没灾，活到九十岁，无疾而终。

跟奶奶相比，乐芳的母亲可是个大忙人。母亲姓李，嫁到林家，就是林家的主要劳动力。家中十几口人，一日三餐都由她和大伯母负责。她差不多每两年生一个孩子。长女林基卿于1926年出生，长子林基枢出生在1928年。乐芳出生前，母亲身后背着两岁的林基枢正在往锅里贴大饼子，四岁的林基卿则蹲在灶前，帮助母亲往灶里添柴草。

母亲个头不高、身材匀称、小巧玲珑。一年到头穿一件蓝色的阴丹士林大褂。蓝大褂洗得发白，破的地方打着补丁，细针密线。用她自己的话说，笑破不笑补。她晚上睡觉前把一头乌发散开，早起先把长发梳好，溜光水滑，三把两把就在脑后绾一个大髻，之后照照镜子，没有一丝乱发散在外面，才去洗手、做饭。锅碗瓢盆、勺子筷子都洗得干干净净，连大酱钵子的钵沿，清酱瓶子的瓶口都没有一点儿污渍。她教育子女从小自立，生活自理。该吃给吃，不能饿着；该穿给穿，不能冻着，绝不娇生惯养。她性格开朗，待人热情，乐于帮助别人，邻里乡亲大事小情都愿意跟她商量。她没有大名，中华人民共和国成立后，她给自己起个大号：李海英。大海的英杰，表明了她的心志。

乐芳两岁的时候，母亲生妹妹林基霞，原本背在妈妈身后的小乐芳，现在转到了大姐林基卿的背上。大姐其实不大，说是八岁，其实刚满七岁。但她不满四岁的时候，就能帮助妈妈干活，是妈妈最得力的帮手。妈妈没有重男轻女的思想，对长女不但疼爱，还有几分依赖。而在乐芳的小小世界里，大姐最大的特点，就是美丽。乐芳刚刚学会说话的时候，大家问他，咱家谁最好看？他会指着妈妈。而现在，他则会指着姐姐说："大姐最好看。"大姐是妈妈的影子，在妈妈忙碌的日子里，大姐的爱，让乐芳找到了妈妈的温柔。早起，妈妈梳头，她也梳头。和妈妈一样，她的头发又黑又亮。妈妈在脑后盘起一个大髻，她在脑后垂着

一条小辫，辫子不长也不粗，黝黑油亮。春节前，妈妈破例给她做了一身花裤褂，套在旧袄裤的外面，她跟在妈妈身后，去给邻里乡亲拜年，婶子大娘都夸她长得俊俏。说丫头穿上这身花衣裳，像个小洋人。不过，那身花裤褂，那一年只穿三回，春节、五月节、八月节，平时总是那身旧的、洗得发白的蓝裤褂。

阳春三月，村里的大柳树枝条泛绿，招来了许多小鸟。这时候，最惹人的风景是远处传来的小号声。呜——呜——是洋号，不像民间的唢呐那么尖峭。小洋号只有一个简单的音符，憨憨的、圆圆的，性格很像吹它的货郎。货郎从公路拐进泊子村唯一的长街，就在街口关帝庙前，跳下自行车，从腰间掏出他的小铜号，对着长街"呜"，全村老老少少、男男女女都知道货郎来了。那货郎，不同于我们东北的货郎，东北货郎，有的光是卖布，背着一个大布包裹，手里擎着一个碗口大的拨浪鼓，扑棱棱一摇，大家就知道卖布的来了。还有的推着一车子杂货，什么都卖，可以说应有尽有。车上没有的商品，如果你想买，他下次来，特地给你带来。

来泊子村的货郎不卖货，其实是个经纪人。他一身洋派头，白色的西服衬衫，白色的小檐纱帽，骑着一辆自行车，车条闪亮、脚闸灵活，好像从栾家口方向随风飘来，村里的大姑娘小媳妇都想多看他两眼。他的车后货架子上带的货物不多，没有糖果玩具，也没有香粉头油，只有花花绿绿的丝绒线。他的顾客主要是小女孩儿、大姑娘，也有中年妇女、老太太。女人们都喜欢，为什么？因为这里有一笔可观的营生：货郎卖线，可以赊账。姑娘们出卖手工，交货的时候，即可兑现现金。她们普遍都会使用钩针，钩针也由货郎出售，不贵。她们用钩针钩织花边，现代人叫蕾丝，织成后，货郎全部收购，按尺计算，当场付款。扣除赊购的绒线钱、钩针钱，还有一笔不少的收入。姑娘们听到洋号声，都打扮一番，到关帝庙等候。

这一年，大姐林基卿已经学会了钩织的手艺，白白嫩嫩的小手指灵活迅速，比多年的成手织得还快还好。

"大姐，你听，吹洋号的来了。"小乐芳耳朵尖。

"不急，等大姐换一件花衣裳。"林基卿换上了她心爱的花布衫，"过来，站在炕上，姐姐背。"

"大姐，乐芳自己能走。"

"哦，乐芳好乖呀！走不动可不许哭哇！"小乐芳高兴的时候，不让大姐背，而是蹦着跳着走在大姐的前面。关帝庙离家不远。

关帝庙前，货郎身边已围了十五六个人，清一色是大姑娘、小媳妇儿。她们一个个手里拿着花边，等着货郎给她们结账。货郎用竹尺唰唰唰量，"你的是一丈五。""你这是两丈。""你的多呀！一、二、三、四、五丈！"应付多少，扣除多少，结余多少。说完，立马掏兜给钱。其实这些没有上过学的妇女，都会算账。她们接过钱，都说一分也不差。轮到大姐林基卿，她要赊购十团绒线，各种颜色都要。

"小姑娘，你第一次做活吧！还要一把钩针吗？活做得怎么样啊？"货郎问。

"这孩子你可不能小瞧，心灵手巧，你放心吧！"旁边的七大姑八大姨都给她证明。

"叫什么名啊？"

"林基卿。"大姐的大名，第一次在村里公之于众。她接过货郎的绒线，告诉货郎，她家里有现成的钩针，她一定按时交活。她知道，按时就是下周的这个时辰。她转身要走的时候，发现小弟不在身边，正在关帝庙门前，隔着门缝往里看风景呢，于是赶紧把他抱过来，说道："走啦，乐芳！"

"不，我还要在这儿玩。"

"这里没有什么好玩的，等大姐挣钱了，背你去栾家口。那里热闹好玩。"

"栾家口有糖吗?"

"有!"大姐耐心地哄他,"有光腚糖,还有花纸包着的水果糖。"

"还有呢?"

"还有芝麻糖。"

"还有呢?"

"还有……"大姐也想不起来还有什么糖。小乐芳的问题,总是没完没了,不问个水落石出,绝不转变话题。

"还有什么糖呢?"

"还有皮糖。"

"皮糖长什么样呢?"

"就像皮筋似的,越拽越长……"

"俺要皮糖!"

大姐慌了,钱还没有挣到手,她拿什么给弟弟买糖,赶紧哄他:"等大姐挣钱了,给乐芳买,买好多好多。"

小乐芳一下子扑向姐姐的后背,说道:"等大姐挣很多很多钱,给乐芳买很多很多糖。"

"乐芳有很多糖,都给谁吃呀?"

"给大姐。"

"还给谁呀?"

"给妈妈,给爷爷,给奶奶,给小妹……"

"小妹?她还不会吃糖呢。"

"我喂她……"小弟一番天真的表白,让大姐感动一辈子。姐弟情深,大姐直到晚年还常叨念乐芳。长大以后的乐芳无论怎么忙,都抽时间去看大姐。二人回忆时,说到花皮球、光腚糖、皮糖,姐弟俩总要痛痛快快地大笑一场。

还有一件事,也是八十年后的乐芳没齿不忘的。那是林基卿穿着花布衫的年代，每周的星期天早晨，一个穿黑袍的德国传教士都出现在街口古井井台的旁边。传教士放下手中的黑色皮包，坐在榆树下的枯树墩子上，打开皮包，拿出一沓彩色的小画片，围观者每人都给发一张。连乐芳这样的小孩儿也给一张。然后，传教士就教大家认画片上的汉字，讲解画片上的故事。

　　画片是青岛天主教堂特制的宣传画。每张画片的后面都有一幅彩色图画。画面上都是《圣经》中的人物，圣母，圣婴，耶稣被钉在十字架上……林基卿没有机会上学，却能读书看报，就是靠这些识字画片的启蒙。小乐芳在姐姐的识字过程中，也学会了不少汉字。姐姐是个小基督徒，从小养成善良和蔼的性格，从来不跟人吵嘴打架。她对乐芳特殊偏爱，即使乐芳发脾气闹人，她也不肯说他一句。有一天，乐芳要找妈妈讲故事，妈妈正忙着给奶奶缝鞋垫，大姐说："俺背你去栾家口看热闹。"乐芳最喜欢热闹，他伏在大姐背上，搂住大姐的脖子，乖乖的，一路无话。可是走着走着，乐芳忽然大喊："我要下来！"大姐正背得很累，赶紧蹲下，把他放在靠边的地上，等他撒尿。但是他又跑回道上找着什么，"就是它，我找到了。""什么？"大姐过来细看，是一块埋在地下露出一点点的白石头。原来土路被路人踩得很平坦，上面露出一块洁白的石面。乐芳觉得太不可思议了，"拿出来，我看看！""是石头，没有什么好看的，走吧！""不，不是石头。我要看看！""它埋在地底下，看不见。""不，你把它拿出来，我要看！"大姐被逼无奈，去道边找来一块碗碴儿，用力铲除石头边上的硬土，结果露出的真是一块大石头，深深埋在土里。"看见了吧？大姐挖不出来，谁也搬不动它。"乐芳看明白了，不再言语。五十年后，姐弟都老了。大姐讲起这段荒唐的往事，还说："你小时候，性格可'拧'啦！来了'拧'劲儿，九头牛都拉不动。""是吗？"林声晚年特别喜欢回忆儿时，对于他，那些回不去的曾经，才是弥足珍贵的。

第二章　响水湾趣事

大自然既是物质的，也是精神的。物质的一翼是我们赖以生存的基础，精神之一翼，则是孕生人间一切艺术的摇篮。

——从维熙

五岁至八岁，乐芳是在下朱潘村的姥姥家度过的。起初，姥姥觉得妈妈的家务太重，孩子又多，想要帮助妈妈带个孩子，带谁呢？金窝银窝不如自己的草窝，大人们这样说，孩子也一样，姥姥再好不如娘亲。妈妈想让三岁的妹妹去，妹妹听说后没命地号叫，坚决不去。姥姥选中了乐芳，她把乐芳搂过来，亲切地哄他："乐芳跟姥姥去，姥姥给你做好吃的。"乐芳嘴馋，姥爷活着的时候是乡里有名的厨师，姥姥家的伙食比林家的好，乐芳愿意到姥姥家去，但让他长住姥姥家，他实在不愿意离开妈妈，更不愿意离开大姐。他刚想说"俺也不去"，妈妈已经决定："妹妹还小，去了让姥姥操心。乐芳，你五岁了，是个大孩子，该立事了。"乐芳觉得妈妈说得对，自己是个大孩子，应该像个大孩子一样。于是乐芳乖乖地跟着姥姥走了，三步一回头。

下朱潘村距离蓬莱二十里地，距离泊子村四里地。姥姥小脚却走得快。四里山路，乐芳连蹦带跳，下朱潘到了。

"姥姥，村子为什么叫'下朱潘'？还有上朱潘吗？"

"有哇。"

相传，有姓朱和姓潘两个人，于明朝初年从小云南结伴来到这个地方，落户建村，就以姓氏为名，称为朱潘村。后来村庄不断发展，顺着沟岙东西延伸，形成了两个自然村：偏东的位于沟岙上游的叫作"上朱潘"，靠西的位于沟岙下游的叫作"下朱潘"。上朱潘村南边有一座小山，形似羊角，叫作"羊角山"。还有一块青色巨石，形似雕嘴，石下涌出的泉水，长年不断，百姓形象地称其为雕龙嘴。雕龙嘴喷出的清泉流出一条小河。小河穿过上朱潘村流到一块大白石崖的时候，激流泻下，形成一道丈八高的瀑布。瀑布下面是一丈多深的黑潭，当地老百姓叫它响水湾。小河流过响水湾，流出山谷，最后流入大海。

下朱潘村就坐落在三面环山、北临大海的山谷里，是一个美丽而古老的小山村。一进沟口，就能听见震荡山谷的瀑布声。瀑布下的响水湾，美丽而神秘，它是乐芳童年的乐园。站在河边向上看，绿荫环抱，飞珠溅玉的大水腾起一片白雾。春天，崖上的野花缤纷绚烂，清风徐来，淡淡的花香随风飘散。隆隆的瀑布形如暴雨、声似雷鸣，轰轰然从天上滚到地下。细听，粗犷的大鼓声中还夹杂一些细碎的小堂锣。鸟鸣、蛙鼓、蝉噪、虫吟，偶尔还有女人洗衣服的棒槌声、欢笑声……

姥姥家人口少。俗话说，人少好吃饭，人多好干活。姥爷生前是厨师，姥姥耳濡目染，将粗粮细做，饭菜做得都很精致。小馋猫钻进老鼠洞里，天天都有好嚼物。可是，姥姥家没有太小的孩子。比乐芳大四岁的小舅懒得读书，姥姥拿着烧火棍子赶他上学，他竟跑出二里地闲逛，不到吃饭时间不着家。小姨十八岁，已经有了准婆家，整天做被子、缝枕头，准备嫁妆。大多时间，乐芳是孤独的。孤独的时候想家、想妈妈、想大姐、想爱哭的小妹。他抽着鼻子哀求姥姥："俺要回家！俺想妈妈！"这时候，姥姥就放下手中的活儿，抱起乐芳说："哟，俺的大宝贝，你长大了，姥姥抱不动了！来，姥姥背你去看响水湾。"姥姥个头高大，背起乐芳行走自如，但乐芳不好意思了。妈妈说他长大了，不要再让大姐背，能让姥姥背吗？乐芳是个大孩子，应该立事。"姥姥，俺不让你背，俺要你讲故事！"这时姥姥就从搪瓷罐里拈出一块光腚糖塞进乐芳的嘴里。

姥姥讲的故事都很恐怖。山里的大灰狼专吃小孩儿，当姥姥不在家的时候，它打扮成姥姥的样子来敲门。大灰狼进门来就吃小孩儿，发出嘎巴嘎巴的声音。有人问：吃什么呀？它说，我吃萝卜是压咳嗽。其实，它吃的是小孩儿的胳膊。所以，生人来了，不要开门。还有响水湾里的水怪，也是吃小孩儿的，谁家小孩儿不听话下河去玩，它就从水底钻出来，一把抓了去，一口就吞进肚子里，所以不能下河。"洗澡也不行吗？"乐芳问。"洗澡要有大人跟着呀，就是不能一个人随便乱跑。"姥姥说。

妈妈也不放心，有时过来，说是看姥姥，也是来看儿子。

"乐芳闹不闹哇？"

"妈妈，俺长大了，立事了，一点儿都不闹。"

大姐也常来，那可是乐芳的节日。大姐来了就跟乐芳藏猫猫。如果大姨家、二姨家的表哥、表姐、表弟、表妹都来姥姥家，那就更热闹了。特别是与乐芳同龄的表弟，两人玩起来饭都不想吃。姥姥不让下河，两人就在河滩捡小石头。各种颜色的小石子儿，圆的、椭圆的，光滑润泽。有的白石长着红的、绿的花纹。花纹像小人，也像云彩。乐芳把捡来的石头摆在地上，逐个欣赏、把玩，百看不厌。玩完石头，看到身边的小河，清凌凌的河水会有什么水怪呢？禁不住河水的诱惑，乐芳对表弟说："俺俩就在浅水里洗澡，不到深处去，深处有水怪。"两人脱掉身上唯一的短裤，像一对白天鹅在浅水中嬉戏。你撩我一身水，我泼你一头水。忽然乐芳听到姥姥呼叫："乐——"姥姥的声音，顺风能跑一里地，一个乐字，响彻山谷。乐芳急忙跳到岸上，来不及穿上短裤，就跑到高处的大石上与姥姥答话:"姥姥——俺在这儿呢!"乐芳在河的上游,姥姥在后院土崖的平台上,走过来要经过一段青苔斑驳的石头台阶,声音却可以直线通过。在响水湾巨大的声响里,姥姥的声音穿云破雾、清脆响亮。

有一次大姨家的大表哥会同乐芳的大姐还带来了两个表弟、一个表妹,一共五人,来看姥姥。除了大表哥和大姐,这三个孩子年龄都与乐芳相仿,分不出大小。大表哥就是孩子王,他已经十二岁了,四年初小毕业了,整天带着弟弟妹妹或表弟表妹变着花样做游戏。他最喜欢的玩法是娶媳妇,抬着板凳当花轿,说道:"小喇叭吹响了,新媳妇上轿啦,大哥来抱!"大表哥专门负责抱妹妹上轿。大表哥还喜欢"卖狗肉",他随便扛起一个小表弟就喊:"卖狗肉啦,今天不买明天就臭啦!"所以表弟表妹都喜欢大表哥。那一天,大表哥在路上捡到一只刚刚死去的黑老鸹(乌鸦),他对大姐说:"黑老鸹是神鸟,通人性,懂得孝道。它死了,俺们应该发送它,给它办一个像样的丧事。""好主意呀,你说吧,怎样发送它?"十岁的大姐听大表哥的话,找来一些秫秸——高粱秆儿,扎了一口小"棺材"和一个"灵幡"。"棺材"里面铺上干草,把身体已经僵硬的乌鸦装进去,放在窗台上。大表哥说:"来,大家跪下磕头,哭灵。""哭谁呀?""就哭黑老鸹!"于是几个人一齐磕头哭喊:"黑老鸹呀,你怎么狠心走了呢!"大表哥随便叫:"黑老鸹,你走好哇!先过金桥,再过银桥,再上望乡台!喝孟婆汤!黑老鸹,大路朝天,你走西边!"大姐说:"该出殡了!往哪儿送啊?"大表哥说:"就埋在场院边上。"于是,大家登梯子上场院。在一棵小桃树底下,大表哥几下就挖出一个小坑,把"棺材"放进去,再培土,把"灵幡"插在坟头上。几个人又一次下跪磕头,边哭边做出悲哀的表情。大姐又说:"出殡回去,是不是应该坐席吃饭哪?"大表哥抓抓头发说:"有了,有好吃的。二姥爷家的秋梨熟透了,多弄些来吃,俺们上河边

开席。"乐芳最喜欢热闹，这么多人在一起吃东西，多热闹哇！

响水湾的趣事太多了，别说城里孩子，就是许多农村孩子，谁见过老鳖？小乐芳却见过。响水湾深的地方是一个黑潭，深不见底，没有人敢下去。姥姥说，那里面住着一窝老鳖。千年王八万年龟，老鳖成精了是碰不得的。它住在深洞里，你千万不要往深水里去。人进去，它就把你吃了，吃光了肉，把骨头扔在外面，看谁还敢来？听了这个故事，小乐芳常在梦里被吓醒。但越怕越想知道，那深深的老鳖洞到底是什么样呢？他白天不敢去看，晚上做梦却去了。梦中，他和大姐十分小心地走进洞的深处，水没过头顶。凉凉的河水浸透了他的全身，身上的每一根汗毛都竖了起来。他有点儿发冷，起一身鸡皮疙瘩，浑身哆嗦，直打冷战。大姐说："回去吧，老鳖会发现的。"乐芳说："不！"他已经望见老鳖洞的大门了。高高的台阶上有两扇红色的门板，上面是金色的门环。不对，没有红门，也没有金门环，视线完全模糊，黑乎乎一片。伴着响水湾震耳欲聋的吼声，一声霹雳，他赶紧捂住耳朵，闭上眼睛，他想跑，两腿却不听使唤，他大叫一声："大姐！"吓得一身冷汗，姥姥赶紧把他揽进怀里，"不怕呀，不怕！姥姥在这儿呢！"

"真有老鳖吗？"笔者也好奇问道。

"有哇！我是亲眼所见。"成年后的乐芳说。

有一天，小舅一把拽住乐芳说："走，俺带你去看老鳖晒盖！"小舅牵着他的手，沿着山中的小路向上攀，到了一处比较平坦的地方，便看到了响水湾。此处开阔地，向上望见悬崖瀑布，向下可以俯视姥姥家的后院。远远的，小舅用手比画着不许出声，果然发现了奇迹：在岸边的大石板上，伏着一只比大海碗碗口还大的老鳖，身边伏着七八个小鳖崽子，比酱碟子还小。它们正享受着初秋正午的阳光。热辣辣的太阳光照在一群鳖的甲壳上，也烘烤着小哥儿俩裸露的身体。这里的男孩儿整个夏天都不穿上衣。两人约好，走近大石板一起大叫："啊噢！""啊呜！

我来抓你!"声音乖戾恐怖,如鬼哭狼嚎。老鳖耳朵灵敏,行动神速,立刻起身向潭水爬去,小鳖紧赶直追,连滚带爬。两个孩子手里摇着柳条棍,向大石板冲去,喊声更加凶狠:"杀!"迎面山谷也回应着。大小鳖疑是追兵来了,四处逃窜。鳖退守深洞后,两个孩子站在岸上狂吼:"太好玩了!"

　　一个人玩的时候,他也喜欢大叫。树林里常有小松鼠在树上蹿来蹿去,有时也到地上玩耍。它们不怕人,两只小眼睛调皮地盯着你。乐芳说:"你下来,我抱抱你。"它却蹲在那里一动不动。可是当你伸出双手,它却嗖地飞到另一棵树的高枝上。为什么说是"飞"呢?那速度,那姿势,就是飞翔。它身后的大尾巴像是它飞翔的翅膀。蝴蝶也很逗人,一只翅膀墨黑缀有金星的大蝴蝶在乐芳眼前低飞,乐芳一下扑去,它却飘然而去。乐芳跑着,跳起来喊:"我看你往哪儿跑?"它翩翩飞过了小河,乐芳却傻傻地望着它飞远。乐芳跟小鸟说话时,特温柔。鸟说:"姑姑来喽!"乐芳纠正它说:"哥哥来了!"可惜那鸟不是八哥,不会模仿人语。乐芳费尽心思也教不会它。一天早晨,他在树下发现一只摔得半死的雏鸟。他双手捧着它跑回了家,放在姥姥温暖的炕头上,喂它清水,把苞米面饼子搓碎喂它。它居然活了,在屋子里飞,乐芳一拍手,它就落在他的肩膀上。乐芳开心极了,把它放到外边,它飞到树上,飞入蓝天,还时常飞落在姥姥家的窗台上。

　　下朱潘村的房舍,是根据山脉的走向盖在沟坡和小河沿岸的高台上面,高低错落有致。姥姥家的房舍建在沟坡的最高处,那是姥爷半辈子做厨师置下的家业。院内共有八间普通砖瓦房,分前后两个院子,后院比前院宽敞。从正房和东厢房的房根到土崖墙根约有一丈多宽。高高的土崖把这个带拐弯的后院遮住一半,太阳刚刚西斜,后院就提前进入黄昏,显得特别幽深、神秘。院里有几间空闲的房子,有土崖高的大麦秸垛,还有猪圈、鸡窝、狗窝。特别让小乐芳感到神秘的是土崖根上的那个带弯的窑洞,这是姥姥贮藏萝卜、白菜的地方,也是孩子藏猫猫最愿意去的地方。老母猪吃食哼哼哼,大公鸡打鸣咯咯咯,芦花母鸡下蛋咯咯嗒,老抱子身后面跟着一窝小鸡崽叽叽叽喳喳喳……一片生机勃勃。

土崖边有一个固定的大梯子,可以随时到上边的平台上的场院里去玩耍。姥姥登梯子,站在平台边上,呼唤在响水湾玩耍的小乐芳:"乐……"

后院的枣树不高,果肉特别肥厚。开花的时候,蜂围蝶阵。一棵槐树又高又大,树荫盖过房顶。乐芳爬树,无师自通。他坐在粗壮的枝丫上摘槐花,边摘边往嘴里塞。姥姥递给他一个小篓,摘得满满一篓,姥姥给他做槐花糕。生吃槐花比榆钱更香。姥姥家的后院没有榆树,只有一株一米高的榆木桩子,桩子彻底枯干,根部却冒出几株小榆树。姥姥说:"等你长大了,这些小榆树就成材了。"乐芳着急,心想我什么时候才能长大呀?

有一天姥姥发现鸡蛋丢了。母鸡下蛋,总是叫苦连天,咯咯嗒,没完没了。等姥姥去鸡窝取蛋时,鸡窝却空空如也。姥姥纳闷,老母鸡谎报军情吗?姥姥派乐芳监视鸡窝。乐芳看见母鸡进窝,便蹲在槐树下面偷看。咯咯嗒叫完之后,忽然,不知从什么地方蹿出来一条黑蛇。唰,蛇头伸进了鸡窝,乐芳眼见它吞吃了鸡蛋,它似乎没有牙齿,或者不用牙齿。整个鸡蛋在它肚子里鼓起一个小包。它动作极快,一转身就盘到了榆树桩子上,全身一勒,只见方才凸起的小包瘪了,鸡蛋碎了。乐芳赶紧回屋喊姥姥。姥姥顺手抓起身边的烧火棒,直奔木桩,乒乒乒,一顿暴打。那条黑蛇一声不响,被打得皮开肉绽,一命呜呼。姥姥说,打死黑蛇,乐芳有功。她拿来一个鸡蛋,用烧纸包上,放在热灰里,等纸烧没了,鸡蛋就烧熟了。剥去鸡蛋壳,一股奇香扑鼻而来。烧鸡蛋比煮鸡蛋香多了。秋天来了,姥姥对乐芳说:"乐,帮姥姥干点儿活。"乐芳喜欢干活,特别爱给姥姥干活,赶紧问什么活。"把落在地上的杨树叶子多捡一些回来,挑大的,姥姥用它做酱缸的帽子。再找一根细棍,把杨树叶子穿在细棍上。"乐芳干活勤快,一会儿工夫就捡来一串。姥姥编得也快,"乐——再去捡一些来!""哎!"乐芳答应着,腾腾腾跑去,又嗖嗖嗖穿成一串。姥姥犒劳他,晚上专门给他炒一盘好菜——丝瓜炒鸡蛋。丝瓜他吃过,林家的鸡蛋,爷爷都舍不得吃,攒着拿到集市上换钱。乐芳在姥姥家,吃了多少鸡蛋哟!

姥姥家后院有一只芦花母鸡,跟乐芳最要好。乐芳捉到小虫,唤它来吃,它咯咯咯跑过来,满脸喜悦。乐芳把小虫举得高高的,它也跳得高高的。它准确地叼住小虫,绝不伤害乐芳手指。乐芳给它挖蚯蚓,它像一只小狗,跟在乐芳的身后。乐芳手中的柳条棍是它跳高的标杆。有一回,乐芳指到树杈上,它竟然像鸟一样飞上了树杈。冬天来了,下了第一场雪,芦花鸡却不见了。乐芳喊:"花花花!"却听见芦花鸡在大槐树上咯咯咯咯叫。乐芳展开双臂说:"来,下来!"呼啦啦,它从树上准确地飞入乐芳的怀里。乐芳抱住它,亲它凉凉的小脸蛋。姥姥说:"就数它金贵,地上一层雪,它怕拔脚,就上树了。"从此,为了它,每次下雪乐芳都及时地除雪。冬天过去,春天来了。芦花在鸡窝里下了十几只鸡蛋,姥姥却不收鸡蛋了。乐芳问:"为什么呀?""它要抱窝了。""抱窝干什么呀?"姥姥详细地给他讲:"老抱子抱窝就是要孵小鸡了。你把蛋都给吃了,不抱小鸡以后就吃不上鸡蛋了。就这样,鸡生蛋、蛋抱鸡,和人一样,一辈一辈往下传。"乐芳听得有趣:"这芦花鸡真聪明,没有人教它,它自己就会抱窝。""哪用人教?那花儿啊,草儿啊,到时候就开花,到时候就结籽。"姥姥就差一个词儿不会用,那就是大自然的规律。芦花鸡不分昼夜趴在窝里,食儿都不想吃。乐芳着急:"出来玩一会儿啊!来,我给你挖蚯蚓!"他用柳条棍撩拨它,逗它起来但它不理。再去撩拨,它就不耐烦了,发出愤怒的怪叫,小脸气得血红,跳出鸡窝向乐芳奔来。只见它两只翅膀展开,脖子上的翎毛全竖立

起来，咯咯咯，叫声凶狠。乐芳看出芦花鸡翻脸了，完全变了一只鸡，要跟乐芳玩儿命。乐芳转身就跑进屋子，它也跟进屋子。坏了，乐芳根本不是它的对手。它的目标十分明确，直接瞄着乐芳的眼睛。姥姥手疾眼快，抓过炕上一个棉垫子，一把蒙上芦花鸡的身体，乐芳趁机逃脱。姥姥说："这件事很危险，邻居家小孩儿的一只眼睛，就是被老抱子叼瞎的。"乐芳很不理解："平时俺们玩得很好，它很温柔，怎么说翻脸就翻脸？姥姥，你把它杀来吃了吧，俺不跟它好了。"姥姥详细讲解说："这不能怪它，它是为了保护它的宝宝，那些鸡蛋就是一窝鸡崽呀！天下所有的妈妈哪有不护着自己孩子的。狼虎都一样，虎毒不食子呀！"

响水湾，寄存了太多乐芳童年的梦想，记载了太多乐芳童年有趣的故事。时间不是没有重量的无情物，她给乐芳的童年打下一个深深的烙印，烙印上写着：响水湾，我的天堂。

第三章　出　逃

走为上。

——《三十六计》

　　响水湾的冬天，林寒涧肃。原本五颜六色的杂树林，只留下苍绿色的松针守护着黑色的树干，树干信心十足地伫立在严寒之中。住在羊角山南坡的姥姥家，在最冷的腊八，也没有感受到冻掉下巴的威胁。下朱潘的冬天，冷得含蓄有度。乐芳喜欢下朱潘的冬天，喜欢响水湾冰清玉洁的世界，更喜欢在冰上打出溜的游戏。助跑一段，猛然向一条冰道滑去，一口气能滑出老远，忽忽悠悠地在冰上自动滑行的姿势，创造出一种自由烂漫的感觉。但这种游戏只能在响水湾的三九、四九，冰冻三尺的时候玩。母亲一再嘱咐乐芳，冬天千万不要到响水湾的冰上去玩。姥姥则干脆禁止乐芳到响水湾乱跑，就在自家的后院里玩吧。这是一条不近人情的戒律，就像取消了一日三餐，人不吃饭怎么活？乐芳一冬天圈在家里，吃饭都不香，只好在狭窄的后院里独自开辟一个长方形的滑冰场。每天早上把用过的洗脸水倒在那块地上，让它形成一块冰。可惜梦想无法实现，那一盆水对于那块干渴的土地仍是杯水车薪，无济于事。快过年的时候，表弟来了。"二哥过年好！""你也过年好！"两个孩子一个多月没见，如隔三秋。乐芳抓住表弟的手就往外跑，一边跑一边喊：

"姥姥，俺们玩去了。"他们攀上一个个石凳，攀上响水湾的平台，直奔老鳖晒盖的大石板。站在这里观赏响水湾的冬景，响水湾在明媚的阳光下是一个透明瓦亮的玻璃世界。老鳖们被封闭在坚冰下面的水晶宫里，整个冬天都晒不到太阳。"来，俺俩一起喊，让它们出来！一、二！老鳖！出来呀！"响水湾一言不发。"它们睡着了！姥姥说，它们每到冬天就睡觉。"表弟跑到了冰上，乐芳也下来了，他对表弟说："俺们不往里面走，就在边上玩。"两人牵着手，小心翼翼地在冰上走几步，滑一步，滑行的感觉实在美好。于是跑几步，滑一下，再跑，再滑。他们来回跑，来回滑，跑得快，滑的速度也快。忽然，咔嚓一声，冰裂了。"不好，快上去！"乐芳牵着表弟的手往岸边疾走。可是，随着那一声咔嚓，又一声咔嚓，脚下的大块浮冰全部塌陷，两个孩子一起落入冰窟窿里了。表弟哇哇大哭，乐芳也吓坏了。立定之后，低头看，水深才到腿肚子；抬头看，他们距离河岸仅有两三步之遥，夏天他常在这个地方洗澡。乐芳说："别叫，小心水怪听见。你抓住俺的胳膊，俺俩往边上靠。"可是谈何容易，他们在冰冷的河水里站都站不稳，每迈一步都要滑倒。"抓住我！"乐芳与表弟同岁，相差几个月，比他高半头。夏天乐芳在水里打狗刨、扎猛子，对河水并不恐惧："我扶着你，你往上爬！"棉鞋湿透，两脚沉甸甸的，寒气扎骨。表弟试了几回，都失败了。他哭唧唧地说："我上不去！""我托你屁股，你往上蹿。哎，对了。"表弟上去了，回头把手递给了表哥，乐芳拨开他手，自己双手扶岸，一跃而上。"二哥你真行，你的腿长，蹦得就高。二哥，俺们把棉裤脱下来晒晒吧？""你当这是夏天哪？你别看那太阳暖暖的，它不热，一天也晒不干。""怎么办哪？""来，拧一拧。"两个孩子你给我拧，我给你拧。鞋呢？鞋窠儿里全是水。乐芳这时害怕了。姥姥禁止他来响水湾就是怕他掉冰窟窿里，现在果然掉里面了，他怎么做才能躲过姥姥的烧火棍子？想到这儿，他怕极了。不能回姥姥家，回泊子，回自己家！于是他带着表弟，穿着一双走一步挤出一股水的布棉鞋，背着太阳向泊子村走去。平时走这条路连蹦带跳，不觉得很远。今日，这倒霉的破棉裤腿子拖着他们，越走越沉，干走不到家。两只脚，十个脚指头，在鞋窠儿里摸鱼似的抓挠，根本走不快。迎面来的西北风，吹在脸上还可以忍受，打在棉裤上，像铁一样又冷又硬。两人嘴巴子哆嗦，浑身颤抖，差点儿倒在地上。终于，乐芳望见自家的大门。门前一个梳单辫的小姑娘，不是别人，正是乐芳的大姐。乐芳很想喊一声大姐，扑上去，可惜腿脚发僵，嘴巴子不听使唤。大姐背上背着小妹，手里拿着个小卡片，正在背诵。忽听小妹喊："二哥！"她放下小妹，急跑两步抱住了乐芳，乐芳就势扑到大姐怀里，哇地哭起来。在表弟面前，他必须撑着装大人，见到了大姐，他再也撑不住了。表弟一五一十说明了事情的经过。大姐说："赶紧进屋，我去告诉妈。"妈妈两天前刚刚生下三弟，头上系着蓝布头巾，正在喂奶。看到两个孩子落汤鸡似的狼狈相，心里一阵疼痛，很想把他们留下烤干棉裤棉鞋再走。但想到母亲一定等急了，便别无选择，催促他们马上回去。乐芳却似乎忘记了冰窟窿遇险的恐惧，急忙趴到妈妈身边去看小弟弟："喂，看看俺是谁？叫俺二哥！"妈妈说："他还小，不会说话，你赶紧回去，不然姥姥会急死的。"大姐忙说："妈，我去送他们。他们午饭都没有吃。"大姐跑回厨房拿来两个萝卜馅的菜团子，带着他们边走边说："妈妈也是害怕姥姥着急，其实你们应该先回姥姥家。你说是不？""俺怕姥姥打。""你就不怕妈妈打？"乐芳没话了，他当时吓蒙了，可能是人在发蒙的时候只想回家吧。不管怎么说，现在有大姐护送，两人心中踏实多了。他们又详细向大姐叙述了冰裂、冰塌的经过和两腿僵硬爬不上岸的惊险。表弟说："多亏二哥托住我。""不是二哥，你也不会掉河里。"大姐说，"回去向姥姥承认错误，听见没有？你看，那儿，是不是姥姥？"两人顺着大姐手指的方向，果然望见了姥姥的侧影。她面向响水湾的方向，手搭凉棚向远处张望、呼喊

着。她是站在自家场院的平台上。"姥姥,姥姥!"三个孩子一起挥手大喊,乐芳忘记了恐惧,第一个扑向姥姥的怀抱。他想不到姥姥不但不打不骂,还搂过他的脖子放声大哭:"我的儿啊!你跑哪儿去啦?""姥姥,我错了!"大姐赶紧报告经过。姥姥急忙说:"脱去棉裤,快上炕,盖上被子!"大姐忙着先给表弟脱,乐芳自己也脱下来了。两人坐在温热的炕头,把腿伸进被窝里。原来他们的棉裤外面没有罩裤,里面没有衬裤。他们光腿裸屁股坐在炕头上,一股热浪涌上全身,好舒服哇!一幕永生难忘的令人恐惧的场面,结果竟然如此温馨。八十年后白发苍苍的林声谈到这里,也禁不住热泪盈眶。他多么想念姥姥哇!

这是他第一次出逃,犯了错就穿兔子鞋。还有一次,他闯了祸,怕挨打也是跑了!

这事发生在第二年春天,我要从头说。"惊蛰乌鸦叫,谷雨种大田"。六十六岁的爷爷身体硬朗不减当年。他带领伙计们正在准备春耕。犁杖、铧片、尖锹、镬头都检修一遍,又去查看料斗子、粪箕子。他发现粪箕子的筐把子需要加固,便找来尖刀和柳条。嚓,只一下,轻轻地一划,爷爷不小心,左手腕子就划破一条口子,鲜血霎时间便流出来。爷爷却不觉得疼痛,干了一辈子农活,什么地方没有伤过?一条刀口就是一条小缝,几天就会长好。没想到,第二天伤口红肿,他觉得全身发热不适,可还是没有在意。几天后却化脓了,而且高烧不退,吃饭嚼东西困难,最后是肌肉僵直痉挛。痉挛就是抽搐,抽得爷爷口眼㖞斜,非常痛苦,他却一声不吭,说挺过去就好了。但是母亲和大伯母都觉得这病蹊跷,家里没有一个主事的男人怎么行?于是赶紧给大伯父捎信,同时派人去下朱潘把乐芳接回来。乐芳才六岁,顶个男人吗?大伯母说,他三岁就带老来相,这孩子从小就懂事。

乐芳见到爷爷时,爷爷已经身着棉袍马褂、头帽足靴,直挺挺地躺在屋地的门板上。

他扑上去大叫："爷爷，爷爷！"爷爷不答应，身体冰凉，乐芳觉得不对，失声痛哭。这时，奇迹出现了，爷爷苍白僵化的脸上，忽然抽动一下，不知道他费了多大力气才微微睁开了眼。

"醒了，醒了，爷爷醒了！再叫！"大伯母说。大家议论着：老爷子就是等着他孙子呢。

乐芳抹了一把眼泪，伸出手来摸爷爷的胡子，轻声说："爷爷，我想你了！"眼泪滴在爷爷的胡子上，爷爷又闭上了眼睛。

谁可明我意，使我此生无憾。

大伯母把他抱起来，给他穿上了孝服。一家人全身缟素，等父亲归来发丧。大伯母张罗接待宾客，母亲张罗宴席。所有前来吊唁的亲友一律留饭，家中摆不下，就在邻居家摆。院子太小，搭起一个不大的灵棚，就没有活动的余地了，所以，伙房设在大门外面。亲友们议论，老爷子辛苦了一辈子，盖了新房，买了好地，就是不会享清福，把手腕子划破了，人就不行了，都是命啊！父亲没有进院就号啕大哭，披麻戴孝，三跪九叩。

印象里，这是乐芳第一次见到父亲，他几乎没有机会跟父亲说话。大伯母告诉他，跪在父亲身后。他才注意到大哥和堂兄也都回来了，他们也都跪下了。每天三顿饭，七八个孩子坐在一起。伙食明显改变，但乐芳觉得乱糟糟，吃不下饭。爷爷一辈子舍不得吃，家中的苞米面饼子总是掺进一些谷糠，发灰、发涩。乐芳问过爷爷："俺家的大饼子为什么是灰色的？姥姥家的饼子却是金黄的，好吃。"爷爷说："小子，你是没有挨过饿呀！你要记住，丰年要当灾年过！"如今爷爷躺在棺材里，大家却喝酒吃菜，让人心中好不是滋味！

山东蓬莱的丧葬习俗比较复杂，乐芳当时就没有多少记忆。他只记得，在父亲回家之前，大伯父带着他去请阴阳先生。阴阳先生把罗盘放在地上转来转去，对大伯父说："这个方向好，你看，前面是大海，后

面是鹰钩山……"大伯父点点头，弯下腰来问六岁的小乐芳："乐芳，你看，把爷爷埋在这个地方怎么样？"乐芳觉得方才阴阳先生的话说得明白，于是仰起脸答道："俺看挺好，前面是海，后面是山。""好，就这样定了。"当时林家不缺男孩儿，乐芳上面有两位堂兄一位胞兄，大伯父选择祖父的墓地、确定墓地的方位时唯独与六岁的侄儿商量，口气又是那样严肃，可见乐芳在林家当家人的心中早已占据了重要的位置。更令人不解的是，大伯父每天晚饭后掌灯时分都跪在祖父的牌位前哀哭，边哭边叨咕，车轱辘话来回念叨，谁劝都不听。大伯母拽他起来，他把大伯母推出去老远。只有乐芳去拉他起来，他才渐渐停止哭泣，在乐芳的搀扶下慢慢回屋。所以那些日子，每天晚上，乐芳都不能早睡，妈妈让他等大伯父哭完，全家人都安静下来再去睡觉。爷爷死后，乐芳在全家人心中都有了位置。

七七四十九天后，爷爷丧事结束，亲戚散尽，大伯父也回关东了。没有了爷爷，少了大伯父的哭诉，家中立刻变得肃静，空空荡荡，乐芳的世界也显得死气沉沉。但父亲没有走，他的腿上长了个恶疮。二姥爷给他特配的药膏用完了，自己行走不便不能去取，母亲又忙不过来，谁去取药？

父亲问乐芳能否替爹跑一趟，乐芳满口答应："二姥爷跟俺可好了。俺跟他要，他一定能给。""你能说明白吗？""就说上次您给配的那种药膏好使。可是药却用完了，伤还没有全好……"父亲听他口齿清楚，就补充一句："说我行动不便，腿好了，亲自去谢他。"乐芳答应着，拿着空瓶子直奔下朱潘。他见到二姥爷鞠躬九十度，二姥爷很高兴。"你回家才几天，就长高一大截！来看姥姥啦？""不，俺是专门来看您的。"二姥爷一愣，乐芳赶忙解释："俺爹有事求您……"一番话说得二姥爷喜笑颜开，他接过药瓶子，装满之后又取来几贴膏药，说道："见长肉的时候贴膏药、拔毒，明白吗？""明白！谢谢二姥爷！"乐芳拿着药告辞，又去跟姥姥说了两句话，说俺爹急着用药，必须赶紧回去。姥姥急忙端来一小坛虾酱，说道："这是我专门给你们做的。你们家人多，把这些都拿去。""谢谢姥姥！""这小子跟俺外道，到底是姓林，不姓李呀！"

从那以后，乐芳明显感觉到父亲对他格外器重，跟他说话都用商量的口吻。父亲对母亲说："俺老二，比他哥哥强，能拿事。以后家里有事你要多跟他商量。"母亲说："他从小就立事。"

半个月后，父亲的腿疾痊愈，返回关东。姥姥捎信让乐芳赶紧回下朱潘。乐芳也想姥姥了。可是小姑说："等等，我还有点儿事。"乐芳成了小忙人了！

"小姑，什么事？"

"街里的旧书铺，知道吗？"

"知道！"

小姑把如何换书的事交代完毕，给他一角钱硬币，说道："先把这本书还回去，销账，再租一本。书名我写在纸条上了，用这张报纸包上，回来的时候不让别人看见，明白吗？"

"用这么多钱吗？"

"五分钱就够，剩下的钱给你。"

"俺不要！"他一阵风似的跑出去了。

乐芳跑到西胡同口，找到了旧书铺，几句话就把事情办完了。他把书包好夹在胳膊下面往回走。快到家的时候，见邻居家的刘大柱在他家门前嗑瓜子儿。乐芳知道他赖皮，不想搭理他。小赖皮没事找事，讨人嫌。

"哎，你胳膊底下夹的什么？"

乐芳假装没听见，继续疾走。

"你妈的！你聋啦，没听见？"

"你骂人！"乐芳站住了。

"骂你了，你敢怎么样？"大柱笑嘻嘻，一脸泼赖相。乐芳猫腰捡起一块小石头，对准他的鼻子，嗖，小石头直奔刘大柱脑门。但见石头落处，这小子脑门上登时流下一股鲜血，刘大柱哇哇大叫跑回家去了。乐芳不知道这一块石头打得多么重，有点儿害怕，可是不怪俺哪，他敢骂俺妈。于是他赶紧回家，把书交给小姑，说道："找回五分钱！"说完转身就跑。刚跨出小姑的房门，见刘大柱他妈牵着刘大柱从敞开的大门进来了，直奔正在院子里洗衣裳的乐芳妈妈。乐芳急忙回屋，躲在姥姥身边。姥姥是护身符。他听见大柱妈告状："他二大娘，看你儿子给俺们打的，这血！差点儿打眼睛上。"乐芳妈看见大柱一脸血污，知道是乐芳惹的祸，她进屋看见乐芳躲在姥姥身边，气就不打一处来。你以为姥姥护着你，俺就不打你啦？她顺手抄起笤帚疙瘩朝乐芳打去。啪！乐芳躲闪不及，单薄的衣衫根本挡不住那一把笤帚疙瘩的狠劲，只觉右肩膀被劈开了。他就势钻进八仙桌底下。姥姥则拼命拉拽妈妈的胳膊，八仙桌的布围子和姥姥的拉拽，都无法帮助乐芳躲过一场暴打。他趁姥姥拽住妈妈的手臂时，腾地蹿出来，夺门而出，头也不回，拼命奔跑。乐芳妈妈追出门外，大喊："你给俺回来！"

乐芳跑得耳后生风、汗流浃背，回头看，没有人追来，便停住了脚步。再往前跑，就出村了。

道旁一间草房，是全村公用的碾坊。日子过得松快一些的，自家有碾子；日子过得紧巴的人家，有的牵着毛驴来拉，有的用人推。爷爷年轻的时候，家中谷子、麦子、高粱、苞米都在这里加工成米或面，不过他家有毛驴拉。

乐芳走进碾坊，黑乎乎的，一个人也没有。他一头倒在碾盘旁，呼隆隆，好像有人推碾，他却睡着了。从太阳快落山到第二天红霞满天，他一个梦都没做。忽然，有人拍他肩膀，他睁开眼睛："啊，张叔叔！"

"怎么在这儿睡着啦?"

张叔叔是鲁西人,常年在泊子村打短工。谁家有活喊他,他就去干几天,给几户人家包括乐芳家挑水;谁家没有人手,找他推碾,他都随叫随到。张叔叔三十多岁没有成亲,春节都不回家,平时就住在碾坊旁边的一间小窝棚里。他把乐芳叫醒,问明了原委,端来一碗稀粥说:"喝吧,喝完了我送你回家。"乐芳犹豫,他想回下朱潘,可是偏偏昨天上午,姥姥到泊子来了。还是回家吧,打就让她打一顿。乐芳摸摸自己的右肩膀,麻酥酥生疼,说道:"不用你送,我自己回。"

他边走边想,刘大柱的脑袋真不抗打,小石头还没有核桃大,就让他满脸流血!若是打在眼睛上……他越想越感到后怕,走到家门口也不敢进。若是大姐出来就好了。大门虚掩,他推门进院。房顶冒着青烟,妈妈一定在厨房做饭。主动找妈妈承认错误吧?不敢。正犹豫着,小姑的窗子开了,小姑向他招手。厨房的门也开了,妈妈喊他:"进屋来吧。昨晚上跑哪儿睡去啦?""碾坊。""也不嫌那里的驴尿味。"妈妈的语气软软的,烧火棍拎在手里,并没有打他的意思。"妈,我错了。"乐芳声泪俱下。"进屋吧。"妈妈回屋,从箱子里掏出一元钱,交给姐姐:"你带他去看看大柱,让他买点儿什么吃。"乐芳见妈妈手中的票子,心急了。代价太大了,家里的鸡下蛋,谁也不吃,都拿集市去卖,一元钱得卖多少鸡蛋哪!姐姐说:"不用他去,我自己去。""知道怎么说吗?""知道。"妈妈知道姐姐办事稳妥,就让她自己去了。不大一会儿,姐姐回来了,并随手把钱交给了妈妈。"人家不要,那小子什么事都没有,坐在炕上嚼甜秆,笑嘻嘻的。"

"是他骂俺的,平白无故俺没有招他惹他,他骂俺妈。"听说大柱没有事,乐芳才敢给自己辩驳。

"不管怎么说,他小,你大。"妈妈耐心地说。

乐芳知道妈妈的为人和脾气。村里人,谁家有点儿小矛盾,比如婆

媳不和、妯娌不睦，都找她说和。邻里之间，打架拌嘴也都找她评理。她一张嘴说两家事，双方都服。刘大柱的父亲是渔民，长年不在家，风里来，雨里去，家境也不太好。刘婶一溜生了两对双胞胎四个丫头后才养出这么一个癞头皮的儿子。日子过得虽不宽绰，儿子却是娇生惯养。乐芳妈妈昨天狠打儿子，今天又派姐姐送钱，赔礼道歉，刘婶早就把气消了："没有事了，哪能收钱！"

妈妈对大姐说："明天给他买点儿什么送去，人家那儿子金贵呀！"乐芳悬着的一颗心总算落下了，洗一把脸，跟姥姥回下朱潘了。

趋福避祸，是人的本能。三十六计，走为上。乐芳童年两次遇险、两次出逃，结局都很圆满。

第四章　启　蒙

> 我崇拜伟人、名人，可是我更急切地把我的敬意和赞美献给一位普通的人。
>
> ——佚名

八岁那年春节，父亲回家探亲度假。这一次见父亲，乐芳有了较深的印象。父亲特命大姐到下朱潘把乐芳接回来，对他说："过了年，你九岁，就该上学了。今年在家写大字，就不要去下朱潘了。"乐芳很感动，感到了父亲对他的关心。父亲说着，把从临江带回来的字帖仿影和大楷本拿出来。那字帖仿影是父亲亲手写的。"把仿影盖在大楷本上，照着写。明白吗？"父亲转身又说，"我们去找找爷爷的砚台。"乐芳于是跟着父亲去了奶奶的房间。父亲打开爷爷常用的旧木柜，忽然眼里露出惊诧的神情，哦！满满一柜子全是线装古书。乐芳也很惊讶，爷爷整天干农活，他什么时候读书哇？奶奶说："你们给他寄来的钱，除了买地盖房子，他一分钱也舍不得干别的，都买书了。你给他买的老花镜，派上用场了。晚上点灯，一直看到半夜，也不怕费洋油。年轻时候，若是这么用心，早考上举人、进士了。可他那时没有钱哪，饭都吃不上，哪有钱念书？"

父亲关上了柜门，对乐芳说："你爷爷一辈子没有上过学，全靠自学。我和你大伯父，都只念三年书，到临江做学徒，鸡叫就起来读书，那叫'三更灯火五更鸡'呀！白天到货栈卸货、上货、摆柜台、扫地抹桌子……累得全身骨头疼，可是一拿起毛笔练字，就忘了疼。你姑父教我在旧报纸上写成亲王的《竹枝词》，还要学算盘、学记账，全靠自学。现在咱家条件好了，你好好写，明年上学，爹供你念到中学。"

从父亲嘴里听到"爹"字，乐芳觉得爹真好。爹苦口婆心，乐芳频频点头。爹和爷爷一样，都喜欢读书、喜欢自学。他也要像爹和爷爷那样，好好读书。父亲从书柜上面的抽匣里找到了两只"小大由之"（毛笔），半截"金不换"（墨）和一方砚台。父亲说："你爷爷这砚台可不一般。除了四大名砚，咱们山东的徐公砚就算是上品了。这是咱家的传世之宝！"乐芳捧着爷爷的砚台跟着父亲回屋。父亲拿出他自己写的字帖说："照我的字描红。坐着，身子要正，握笔要实……"乐芳拿起父亲的仿影字帖，那是普通的毛头纸裁制的字帖，上面写着"一去二三里烟村四五家亭台六七座八九十枝花"。没有标点符号，乐芳不会断句，父亲给他念一遍，他记住了一二三四五，后来就全背会了。从此乐芳开始了他一生的书法生涯。父亲说："写字，头要正、心要正、身要正、笔要正。"于是他每天坐在八仙桌前，腰板挺得溜直，在父亲带回来的薄得透亮的大楷本上练字。父亲有时过来检查，转到乐芳身后，突然抽出乐芳手中的毛笔说道："笔都抓不住，松垮垮的，能写好字吗？"一次批评一句，两次批评两句，第三次不说二话，打一个脖溜，让你长点儿记性。父亲也不知道，他只用一个脖溜打出来一个书法家。十年之后，儿子的毛笔字超过了父亲，那时，父亲把乐芳写给他的信和信封，作为精品书法收藏起来了，而乐芳自己也不知道，四十年后他已成为全省著名的书法家。但无论何时他都不忘他的书法启蒙老师——恒兴东的账房先生，他慈祥的父亲林肇余先生。20世纪80年代，国人对古典文化重新重视起来，林声当时担任辽宁省的副省长，许多人向他求字，各地的碑林也纷纷征求他的书法作品。记者闻讯赶来，采访他："您是什么时候开始学习书法的？师承哪位大师？"林声答："我八岁开始学书，启蒙老师是我的父亲，一个买卖家的账房先生。有了一点儿基础后，开始临摹和研习赵孟頫、欧阳询、柳公权、王羲之……"

乐芳九岁入学，秋期始业。泊子村唯一的学校是一所村办的小学，学校设备简陋，学生不多。没有书包，没有文具盒，妈妈给他找来一个蓝色的旧包袱皮，把一块石板、两根石笔包在包袱皮里，系在腰间。冬天学校没有炉子，学生自带手炉。乐芳的手炉做得很精致，他在姥姥家找来一个铁皮罐头盒子，把上盖剪掉，再把毛茬用木棒敲平，磨掉锈渍，像一只小水桶。在桶上沿对称凿出两个眼儿，穿上铁丝，两头拧死，便成了小水桶的提梁。提梁上用细铁丝系着一支筷子，挑起这根筷子，就像提着一盏"灯笼"。筷子外面缠上旧布条，提起来省劲儿、顺手。用时在桶里装上烧红了的小块木炭，可以燃烧两个小时，手冻僵了，烤一烤，就可以写字了。

开学那天，秋高气爽，当然不用手炉。一只秋蝉在大杨树上鸣叫，学校就在大杨树下面。因为北沟这一带属于游击区，白天常有二鬼子（汪精卫伪政权的部队）出没，小学生天刚亮就来上学。妈妈牵着乐芳的手，早早来到学校。乐芳腰间系着"书包"，坐在老师指定的座位上。老师姓聂，他让孩子们把自己的名字写在石板上，不会写的学生等着老师教。乐芳打开包袱皮，拿出石板和石笔，一笔一画，工工整整写下三个大字"林基森"。这是他的大名，上了学也就用了学名。用了八年的乳名"乐芳"，完成了乱世中童年的使命。

说是乱世，是有历史根据的。1931年九一八事变爆发后，日本关东军强吞我国东北，东北沦为日本的殖民地，东北人民沦为亡国奴。1937年7月7日又爆发了卢沟桥事变，日本侵略者侵占河北、山东，魔爪进一步伸向中国腹地。狼烟四起。正如《义勇军进行曲》中唱的："中华

民族到了最危险的时候。"百姓生灵涂炭，民不聊生，到处响起逃亡流浪和抗日救亡的歌声。山西武乡八路军太行纪念馆的历史资料记载：

> 1937年12月，在中共胶东特委领导下，当地抗日群众在文登县天福山举行了抗日武装起义。1938年1月，胶东党组织在掖县、蓬莱、黄县等地发动群众，建立了四千余人的革命武装和抗日民主政府。1939年，第五支队粉碎了日伪军对以文登县大泽山区为中心的"扫荡"，开辟和巩固了以平度、招远、莱阳、掖县为中心的胶东抗日根据地。1939年底，胶东军区成立，许世友任司令员，林浩任政治委员。

聂老师的第一堂国语课，是"人，我是中国人"。黑板上的一行大字，是他自编的教材。第二课则是"打倒日本帝国主义"！全体师生当时就以响亮的口号表达了他们高昂的爱国热忱。这一课是林基森做人的起点，遭遇天大的冤情，只要想到中国人的使命、中国人的担当，他就能笑对。少年初心，是他生命的根。

这里我插叙一段鲁野先生的往事，佐证少年林基森爱国主义的初心：1991年，为纪念九一八事变六十周年，警示广大少年儿童不忘国难，时任春风文艺出版社副编审的鲁野先生主编了一部回忆录——《血泪的回忆》，林声题词并作序，序的题目就是《我是中国人》。由此可见，那堂课在他幼小心灵中已打下深刻的烙印。

话说第三天早晨，上课的铃声还没有敲响，村长来校通知聂老师：今天，上面有人到各村检查工作，让聂老师有所准备。聂老师来到教室问大家："你们当中，谁家在下朱潘有亲戚？"林基森第一个把手举起来。接着还有一个叫刘玉航的女生也把手举了起来，她的姑妈在下朱潘。

"你们俩出来。"

来到教室外边，聂老师和蔼地说："你们俩去下朱潘，替老师送一封信。把信交给齐老师就回来。明白不？""明白！"

林基森接过老师手中的信。两人走出校门，林基森问玉航："俺俩跑着去吧。"

"俺跑不动。"

"慢点儿跑，俺等你。"

两人跑起来了。林基森跑一段，站着等她一会儿。不大一会儿，到了下朱潘。信送到了，林基森问："你想去你姑家吗？"

"你想去你姥家吗？"

一个问，一个反问，两个孩子都很聪明。林基森摇头，玉航也摇头。林基森没有多想，只想赶紧回校向老师报告：信送到了。没有人告诉他这么做，他自己觉得应该这么做。往回走，玉航累了，想歇一会儿。林基森说："不行，要歇，你自己歇，狼来了，我可不管。"玉航害怕，想哭。林基森急忙说："吓唬你呢！这条路，我走了一百遍，哪有狼啊？响水湾有水怪，你信不？"他把姥姥讲的水怪的故事添枝加叶讲给她听，玉航听得毛骨悚然，还想听。两人很快就回到了学校。

就是从那天起，他猜想到聂老师是共产党员，村长是给共产党办事的交通员。如果上面来人，村长必来通知，聂老师必然让他和玉航去下朱潘送信。然后，那天的国语课必然是课本的内容"人手足，刀尺布""大狗跑，小狗叫"……不过，上面很少来人。泊子村很多人见过八路军，没有见过日本鬼子。孩子们知道八路军是打鬼子的，他们爱唱打鬼子的歌曲：

大刀向鬼子们的头上砍去！
全国爱国的同胞们，

抗战的一天来到了，抗战的一天来到了！

前面有东北的义勇军，

后面有全国的老百姓。

他们团结一心勇敢前进，

看准了敌人，

把他消灭，把他消灭。冲啊！

大刀向鬼子们的头上砍去！杀！

林基森最爱唱的是《流亡三部曲》中的《松花江上》：

我的家在东北松花江上，

那里有森林煤矿，

还有那满山遍野的大豆高粱。

我的家在东北松花江上，

那里有我的同胞，

还有那衰老的爹娘。

九一八，九一八，

从那个悲惨的时候，

…………

脱离了我的家乡，

抛弃了无尽的宝藏。

流浪！流浪！

整日价在关内，流浪！

哪年，哪月，

才能够回到我那可爱的故乡？

哪年，哪月，

才能够收回我那无尽的宝藏？

爹娘啊，爹娘啊，

什么时候

才能欢聚一堂？

还有一首民间小调《高粱叶子青又青》也是林基森喜欢唱的：

高粱叶子青又青，九月十八来了日本兵！

先占火药库，后占北大营。

杀人放火真是凶！

中国的军队好几十万，

恭恭敬敬让出了沈阳城！

这首民间小调直接反映了九一八事变的真实情景。林基森的父亲身
在东北临江，他亲眼看见东北沦陷，亲眼看见东北抗联对日作战的艰苦
卓绝。

但是，时局越来越紧张，汪精卫公开背叛了祖国，甘当日本人的走
狗。汪伪政权镇压山东人民的抗日行动，"围剿"抗日的八路军，破坏
共产党的地下组织，屠杀共产党人和爱国志士，抗日的歌曲被禁止。村
里一位八路军战士，在鲁西地区打日本鬼子牺牲了，遗体运回了泊子
村，全家发丧，全村人参加。但是，聂老师不见了。林基森的右眼皮直
跳，妈妈说，左眼跳财，右眼跳祸。什么祸？他觉得聂老师凶多吉少。
亲爱的聂老师，你在哪儿？是死是活？他能问谁？有一天，他实在忍不
住，去找村长。村长林凤山，是林基森的远房本家。林基森叫他六爷
爷。"六爷爷，聂老师去哪儿啦？怎么不来上课？"林凤山一手捂住林基
森的嘴巴："小孩子，知道的，不要瞎说；不知道的，不要瞎问。"林基

森讪讪地回来，坐在教室里闷闷不乐，晚上睡觉噩梦缠绕，常常哭醒。俗话说："福无双至，祸不单行。"聂老师的事还在心中悬着，又有一件令林基森痛苦不已的大事发生了。

乐芳的同桌张守义，是乐芳情深意笃的好友。二人亲如兄弟，形影不离。他们爱好相同、性情相近、互相欣赏。他说林基森字写得真好，林基森说他画的小人最美。星期天，乐芳把他带到姥姥家去看响水湾大瀑布，姥姥给他们做乌贼、炖老菠菜。而他则把林基森请到家，让妈妈给他们摊煎饼、卷大葱。守义家住在海边。下午没课，两人搂着脖子去海边。到了海边，守义全身脱光钻进海里，就不见身影。林基森害怕，赶紧吹口哨，叫他出来，他说他是浪里白条。其实，林基森也会两下。那是去年在姥姥家，一位舅舅来看姥姥，还给姥姥拎来两包槽子糕。姥姥说，这个舅舅是二姥爷的儿子。乐芳听说这位舅舅会游泳，立刻像二姥爷的膏药贴在人身上，央求他教自己游泳。乐芳跟姥姥常去海边，姥姥却不许他下海，没有大人陪伴，小孩儿不许单独下海。今天，他一心想学游泳，就撺掇舅舅去看大海。那位舅舅年轻气盛，说道："婶，我带他玩玩？"乐芳跳着走出家门，第一句话便是："舅舅，你真好！"舅舅平时也难得下海，今天见到大海，也抑制不住游泳的渴望。他自己游两下，对乐芳说："海水能把你漂起来，你不用害怕。"他把胳膊伸到乐芳的肚子下面托着，让乐芳自己学着用手划水、用脚打水。乐芳游得很起劲，忽然发现，肚子下面的手没有了，立刻紧张得大叫起来。舅舅却在一旁笑着："自己游吧！"他学会了狗刨、倒墙（仰泳）、扎猛子，但是舅舅走后，他没有机会来大海游泳。现在有了张守义，两个人像两条白鱼，在海里自由漂游。海潮退去之后，大片海滩和大块的礁石裸露在外面。守义抓起一小块石头，轻轻敲碎礁石上的海蛎子壳，把嘴巴凑过去，哧溜吸入了里面的鲜汁。林基森也学着吸，"哦，真鲜！"退潮后的海滩，那些来不及跟着海水远去的鱼、虾、蟹、海螺，你就挎个小筐往里捡吧！海蜇，要小心，它是活的，会蜇人呢。海菠菜，是海边渔民的家常小菜。那天回家，林基森捡回来了海菠菜，母亲把它切碎放在苞米面疙瘩汤里，问道："你去海边啦？""我跟守义一起去的。""下海了吧？""其实，我会游，去年我在姥姥家……"林基森还想解释，妈妈已经不再追问了，孩子总要长大，守在海边，不能不会游泳。妈妈从那一天起，不再禁止林基森下海了。

可是忽然有一天，张守义不来上课了。教室里又少了一个人，林基森觉得整个教室都空了。他等啊等啊，过了一个星期，他的好朋友还是没来上学。不行，聂老师的去向不许问，张守义也不许问吗？放学后，他一个人直奔张守义的家，拐进胡同就可以看见他家门前的破船。林基森紧走几步，他家大门敞开，房门紧闭。林基森敲门，张妈妈出来了。

"是林基森？"

"是我。伯母，我来找张守义。"

"铁蛋他刚刚睡了。你不能见。"

"伯母，我是守义最好的朋友，您让我看他一眼，说两句话。"说着就想往里进。

张妈妈拦住了他："还是不进的好。他得的是传染病——痢疾。东边刘家已经死了一口。好好的一个人，得病才七天，说死就死了。"张妈妈急忙擦去流到腮边的泪水，劝说林基森"回去吧"。林基森不从："伯母，我不怕，你就让我看看他，他是我最好的朋友！"

"那也别见。"张妈妈把他推出大门，自己在门里哭出声来了。林基森于是悻悻地往回走。心中委屈，你太无情，见一面都不让！但同时，他也感到事情的严重。她是怕俺被传染？可是，俺就是想看看他，跟他说两句话，告诉他，聂老师已经九天没来上课了，他是不是出事了？天阴沉沉的，要下雨，他想哭。回到家，他不想吃饭。妈妈看出了他的悲伤，问："你这是怎么了？掉了魂儿似的？"

　　林基森说了方才去张家的经过。妈妈说："不见也罢，那病是传染的。后街已经死了好几口子了。"

　　"他妈妈怎么不传染？我不信！"

　　第二天，天空飘起了雪花，乐芳答应过守义，下雪的时候一起去看响水湾的白色世界。放学的时候，他不知不觉向后街走去。刚拐进胡同，就见两个人抬着一个小棺材迎面而来。是出殡送葬的人，乐芳心里一阵紧张，站在一边细看，小棺材的后面跟着守义的母亲。张妈妈边哭边喊："铁蛋儿啊，你走好哇！"林基森想扑过去，抱住张妈妈，怪不得昨天她不让俺见。昨天他的好朋友已经奄奄一息了！雪越下越大，大概因为没有人给守义撒纸钱，老天爷才洒些雪片。林基森跟在后面，哭得一塌糊涂。爷爷出殡那天，他恍恍惚惚。那时他还小，但葬礼隆重，全家人还有一大帮亲友，差不多半条街都是送葬的人。现在他为好友送葬。他知道，他的好朋友也将埋进土里，然后堆起一个尖顶的土堆，从此这个人就再也见不到了。死亡，这个弄不明白的大事情，像一只孤独的小船，在九岁的林基森脑子里漂泊着。他有好长一段时间闷闷不乐，他对死亡怀有莫名其妙的恐惧。

　　对友谊的执着，对死亡的恐惧，是人之常情。长生不老，是几百代人的梦想，知其不可为而为之。但是人们并不幼稚，当他们发现这一死结的无奈，他们学会了聪明地面对，把不能实现的不朽，变成一种信仰。小小少年林基森，在迷茫困惑的年龄段，被烽火连天的岁月牵引着、推动着，渐渐学会面对。

第五章　淡淡的乡愁

小时候，

乡愁是一枚小小的邮票，

我在这头，

母亲在那头。

——余光中《乡愁》

1941年4月的一天，父亲从临江回来了。那天晚上，全家吃饺子。吃完饭，父亲把林基森一个人叫到膝前，用商量的口气说："爷爷走后，我和大伯也分家了。山东这两年年年歉收，你母亲维持着一家老老少少，很不容易。我打算把家搬到临江，也好照顾你们，你看怎么样？"

与父亲生活在一起，这当然是天大的好事，但他感到突然，离开山东，举家搬迁，这样的大事，父亲征求他的意见。三纲五常，"父为子纲"，在家里，父亲顶天立地、说一不二。但现在父亲却跟他一个小孩儿商量。听口气，父亲是认真的，必须认真回答，不能让父亲失望。于是他问："大伯他们呢？"

"他们也走。"

他点点头，又问："奶奶和小姑呢？"

"跟我们走。"

他又一次点头，像个小大人："房子、地怎么办？"

"找个本家照管着。"

"不是本家也可以，人可靠就行。比如碾坊的张叔叔。"

这一回父亲也点点头："这些事，由你母亲张罗。我们后天就出发。"

"我们？俺俩？"他大吃一惊。

"还有林基校（他的二堂兄）。"

"哦，爹，我听你的。我明天去下朱潘告别姥姥，可以吗？"他也用商量的口吻问。

"我们一起去吧。"

第二天，去往下朱潘的路上，他望着他的母校，心中生起一种难以割舍的留恋。他想，他至少要告诉一位同学，万一聂老师回来问到俺，应该有人告诉他，林基森去关东了，但他实在不知道那是一个什么地方。他从小就听说，山东人遇到荒年都往关东跑，那里遍地黄金。

父子俩见到姥姥，姥姥很高兴，但听说要把乐芳带走，也不知道什么时候才能回来，心中一阵酸楚，眼泪倏然而落。其实姥姥就是东北宽甸人，十七岁嫁到山东，现在是乡音全改，一口山东话，靠海吃海，早把关东忘了。宽甸给姥姥的记忆就是大山。如今她的外孙却要离开大海，走进大山，她的离情别绪是不是还夹着对大山的思念呢？林基森抓过来毛巾给姥姥擦泪，姥姥就势把他搂在怀里，说："姥姥这一辈子是回不去关东了，你不回来，我就再也见不到你了！"林基森强忍着泪水，发誓说："放暑假，俺就回来。俺自己能坐火车、坐轮船！"

"我也必须回来。爹埋在泊子，祖坟永远留在泊子，我一定回来。"父亲也安慰姥姥。

见到二姥爷，二姥爷又拿出几贴膏药给父亲，并说："明天是个好日子，黄道吉日，宜出行。祝平安，不远送。"

　　父子俩又找到了村长林凤山的家。见到林凤山，父亲鞠躬请安，林基森也深深鞠躬。父亲说明来意，林凤山表示赞同："也是，归拢一块为好，人挪活、树挪死。泊子这边有俺照应，你就放心。只是那边，现在是日本人占着。"

　　"咱们这边，现在也是日本人说了算，汪精卫他……"

　　"不过，我有一句话，你需记住：无论到哪儿，俺们都是中国人！不能忘记祖宗。"父亲频频答应，牢记心头。

　　父子俩回到家中收拾行李。母亲下厨，给他们蒸苞米面的发糕——切成金黄色的菱形小点心，一看就有食欲。他自己取来三个咸萝卜、三根大葱，整整装了半袋子，夹在腋下，足有十多斤重。而他的被褥衣裤都裹在父亲的行李里。

　　第二天，天气晴和，万里无云。吃完早饭，二堂兄林基校背着个小行李卷也过来了。父亲大步流星走在前面，两个十岁的孩子紧跟其后。母亲抱着四弟，大姐扯着三弟，大妹紧跟林基森的后面，仿佛要跟他一起闯关东。林基森让她回去，她停下脚步，眼泪汪汪。母亲站在路口的大杨树下默默无语，要说的话，昨晚都已说完。三人疾走，忽听大妹喊道："二哥，再见！"接着三弟也喊。林基森回头，看见妈妈正在抹眼泪，却不知道自己的眼泪也流出来了。他也想喊一声"再见"，泪水却堵住了喉咙。

　　上汽车后，父亲买票到蓬莱县城，林基森不解地问："不是从烟台坐船吗？"

　　父亲说，你们俩什么时候再回山东就不一定了。但要记住我们是蓬莱人，我们的泊子归蓬莱县。你们常说小罗成夜打登州，蓬莱县当时就归登州府管辖。春秋战国时期，我们这里是齐国的地盘。齐桓公成就霸业，是春秋五霸之一，很了不起。我带你们看看我们的家乡，那是仙人居住的地方……

父亲如此长篇大论，是他第一次听到。他多么喜欢今日的父亲哪，口音有点儿像聂老师。聂老师可是北平人哪！而过去的父亲，似乎是沉默寡言的陌生人。

耳听为虚，眼见为实。蓬莱县城果然大气非凡，街道纵横、商铺林立、车水马龙。尤其是牌楼，隔不远就有一座。父亲在汽车站附近走进一家小饭铺。先把行李放下，然后跟老板说："把行李寄存在这儿，我们在城里游逛一圈，回头在你这儿吃饭。"林基森看见那人满脸赔笑，连说："放心，放心。"看得出来那人对父亲的尊敬。父亲身着一件灰色竹布长衫，脚穿一双礼服呢圆口布鞋，一看就不是庄稼人，老板自然格外尊敬。"远敬衣帽近敬财"，这是当时人们的观念。

三人走出饭铺。父亲向一个卖零食的小贩问路，然后给两个孩子每人买一包花生蘸。两个孩子细嚼慢咽，都说好香。花生本是山东常见的农产品，㸆着吃、炒着吃，都不陌生。今天这花生，不知道怎么弄的，香得离谱，香得一辈子都不会忘记。

远远地，望见朱红色的山崖上一片嫩绿掩映的树林里，伫立着一处巍峨的古建筑群。林基森激动地喊爹，希望父亲赶紧满足他那如饥似渴的求知欲望。父亲今天格外亲切，总是耐心地讲些新奇的故事，并且非常谦虚。他说他从十三岁开始，多次往返于山东、东北之间，来去匆匆，从来没有到过蓬莱仙阁，今天是借两个孩子的光，才来此一游。父亲说，咱们的蓬莱阁全国著名，是四大名楼之一。

"四大名楼都是哪儿啊？"林基森不断发问。

"黄鹤楼、岳阳楼、滕王阁，再一个就是咱们的蓬莱阁。这蓬莱阁是北宋年间修建的，是道教圣地……"

"什么是道教哇？"

林基森一再追问，父亲也说不明白。欧洲有一句谚语："十个智者回答不完一个愚者的问题。"林基森虽然学龄短，却非愚者，而勤奋好学的林肇余先生毕竟是个四掌柜。他只能虚心地推出大掌柜王庭均："姑父懂得多，到临江去问姑父。"

父亲对阁内的文人墨宝、楹联石刻很感兴趣，而林基森则特别爱听八仙过海和海市蜃楼的故事。

他们走上了"仙阁凌空"。蓬莱阁高踞山崖之上，山崖下面是滔滔滚滚的大海。海雾缥缈，层层裹缠着山腰。林基森站在崖顶，俯视脚下的云烟，仿佛腾云驾雾一般。他想起姥姥讲的铁拐李的故事。铁拐李在海上行走，总是云里来雾里去。雾蒙蒙的蓬莱城覆盖着林基森尚不熟悉的历史。这时，一个梳双丫小辫的小女孩儿，提着一把铜壶走到父亲身边："先生，喝一碗茶水吧？上好的龙井！"父亲环顾左右，一张长条木桌，两条木头长凳，正待招呼孩子们坐下，一位老者捧着三只大碗、一把泥制的茶壶，放在桌上。父亲问："多少钱一碗？""五分钱一壶，管够。"林基森刚想说不要，父亲却说："来一壶吧！"林基森从小受祖父影响，从不乱花一分钱。花钱买水喝，是不可想象的浪费。没想到爹竟如此大方，于是拉着二堂兄一起坐在爹的对面。小哥儿俩正渴得嗓子眼冒烟，咕咚咕咚，连喝两大碗。父亲则斯斯文文地边喝边与老者聊起来。

"坐在这儿，可以望见海市蜃楼吗？"父亲问。

"可以呀，昨天这时候就看见了。"

"什么样啊？"林基森忙问。

"像真的一样。楼台殿阁、远山近树，清清楚楚。"

"有八仙过海吗？"

"有！真真切切！"老者于是讲起八仙过海的样子：他们每个人施展自己的宝物，铁拐李骑着一个大葫芦，汉钟离仰面躺在自己的大扇子上，何仙姑站在一朵莲花上……不但两个孩子听得入迷，就是走南闯北的林肇余也像孩子似的又喝了一大碗茶水。最后，林肇余掏出衣襟里的怀表，又掏出五分硬币，说一声："谢谢你的好茶！"两个孩子也急忙站起，三人快步下山了。走出山门，林基森回头，又看一眼蓬莱阁高耸入云的飞檐斗拱，对二堂兄说："以后再来，你能记住道儿吗？爹说，这就是我们家乡的标志。"二堂兄说："我能记住铁拐李的大葫芦！"

三人回到饭铺，父亲要了三碗甩袖汤，主食当然是小发糕。妈妈做的小点心哟，一直甜到了心里。

傍晚上船，他们买的五等舱船票。五等舱在大船的最下层，黑黢黢的，一盏二十瓦的小灯泡照着零乱破旧的船舱。但那个暗淡的小灯泡，却是林基森第一次见到的电灯。人影绰绰，谁也看不清谁。他觉得气味难闻，想吐。还没有开船，身旁就有人吐了一地。上厕所得排队，猫尿狗臊的。他们找到了自己的床铺。其实没有床，每人一条窄窄巴巴的凉席，铺在地板上算是铺。他们和衣而卧，只把鞋脱掉，怕鞋丢，宁肯放在头顶闻臭味，也不敢放到脚下。船上规定，自己的东西自己保管，小心扒手。一双旧鞋不值几个钱，可没有它，下船就得光脚。这一夜，闷乎乎，乱哄哄，但跑了一天，三人倒头便睡，一觉到天亮。一声长笛，大连港到了。

下船的时候，父亲扛着三十多斤重的大行李走在前边。"排好、排好！"一个戴红袖标的中国人喊。他身边的日本警察不说话，见谁没有排好，就抡起枪把子打。乓！打在父亲的行李上，父亲一趔趄，林基森冲着那个日本警察叫道："凭什么打人？"警察似乎没有听见，又忙着去打别人。父亲急忙拽他过来："林基森，不是告诉过你吗？这里是'满洲国'，日本人的天下。"林基森不再言语，跟在父亲身后，心中特别委屈。他没有想到烟台、大连两重天。这个受气的破地方，咱来干什么？

父亲是轻车熟路，下船坐汽车直奔大连火车站。在站前广场上，父亲放下行李，对两个孩子说："你们俩好好看看大连火车站，这个站很大，是日本人修的。以前俄国人修的那个站小，铁路很短，倒是跟我年龄差不多。现在咱们从大连上车，只在通化倒一回车，就可以坐到临江。"

望着眼前这一排高耸的建筑，林基森兴奋得不知说什么好。他太幸福了，见到了别的同学没有见到的蓬莱阁，坐过了别的同学没有坐过的火轮船，现在又看见了别人没有见过的大连火车站。爹说，这个火车站现在是亚洲第一大，比日本的东京火车站还大。站里有天桥、地下通道。林基森迫不及待地想要进去看看。父亲却说："先吃饭吧！还吃你的小发糕？"

"还够三个人吃两顿。别去饭铺了，还有咸菜、大葱呢。"林基森说。

"好，今天你做主。"父亲环顾四周，发现东边有一处冒着白烟的小摊，"走，看看去！"

小摊上架着一个简单的炉灶，炉火熊熊。上边的生铝大锅煮着满满一锅海虹。旁边一人端着大碗，碗里的海虹全都张开嘴巴吐露着嫩黄的小舌头，三分钱一碗。父亲说："海虹这样吃法，不是大连人的创造，咱们蓬莱也这样吃，简单、便宜。到小馆去吃，一盘敢要你一角钱。"剥开一个，一股新鲜的海味，与姥姥煮的海虹味一模一样，香气扑鼻而来。姥姥说："把海虹的外壳砸碎喂鸡，鸡下大蛋。"姥姥哇，大连的海虹和俺们下朱潘的海虹是一家子吗？

三人下午在大连火车站检票进站，穿过地下通道上车了。

车厢清洁明亮，旅客不多。车厢里，无论是提壶倒水的，还是挎筐卖货的，都是日本人，都说中国话，态度也比较和气。父亲拉着林基森靠窗坐下，林基校坐在父亲的对面。开车后，父亲带着牙具去洗脸池洗漱，回来告诉他俩："你们也去洗一洗脸，小心，不要弄脏了地。"车厢里的地面确实干净。林基森答应着，两人轻手轻脚来到了车厢连接处的洗脸池，第一次使用自来水，但很快就弄明白了。"你先洗！"林基森在一边等着，发现对面的厕所，他好奇，没有尿也想尿点儿。见有人出

来，他就进去了。关门，他鼓捣两下，明白了，这门有趣，什么都有趣。他出来告诉林基校，林基校说："我没有尿，不去。"轮到洗脸，他把头伸到水龙头下面，连脑袋带脖子洗得痛痛快快，水一点儿也没有溅到地上。那个日本列车员，过来两次都没有挑出毛病。回到车厢，林基森坐在父亲身边东张西望，直到夕阳西下，车厢渐暗，才有了睡意。不知什么时候，他枕着父亲的大腿睡熟了。天亮时，他一睁眼，见身边的父亲正在聚精会神地读书。"爹，您一宿没有睡？""我也刚醒。""爹，您读什么书？"他看见了，是《曾文正公家书》。"爹，我也能读吗？"父亲说："长大了再读。"

在通化换车后，列车始终在大山里穿行。父亲让林基森坐在靠窗的位置上。林基森一声不响，眼睛不离窗外。太神奇了，那山峰奇形怪状，那山壁有的褶皱似沟，有的光滑如镜。最有趣的是山洞，火车钻进去，车厢立刻进入黑夜，灯光立刻变得雪亮。车内不许开窗，窗帘都被放下。车厢里飘进了从火车头来的煤烟，熏鼻子呛眼。林基森不甘心在车厢里闷坐，他想看看外面。他偷偷掀开窗帘，外面漆黑一片，但隔不远，有一盏灯亮着。啊，洞子里还有灯呢！火车钻出来了，车厢重见光明。但立刻又看见了前方的一个山洞，火车头马上就要进洞了，后边的车尾巴还没有出来呢。太有趣了，车头和车尾藏猫猫，谁也看不见谁。他想拍手大笑，列车又钻进了山洞。

傍晚到达临江。啊，临江，你原来就在大山的肚子里呀！我林基森辞别了大海，钻进了大山。赶紧吃饭吧，关东的第一顿饭——大饼子、小米粥、朝鲜族咸菜，都是凉的。与妈妈、姥姥做的饭菜差不多，只是没有妈妈的温度，没有姥姥的味道。

第六章　烽火连三月

江水三千里，家书十五行。

行行无别语，只道早还乡。

——袁凯《京师得家书》

林基森被父亲安排在恒兴东商号的后院，与做饭的师傅和伙计们住在一起。恒兴东是临江县八大商行之一，东家姓葛。林基森的姑父王庭均是大掌柜，大伯父林肇东是二掌柜，父亲居于末位，是四掌柜。

但是父亲没有干几天，商号业务不景气。父亲被派到大栗子沟，单独经营一家机器磨坊。林基森仍以恒兴东亲属的身份住在后院，父亲把他交给做饭的李师傅照看。李师傅睡炕头，炕热烫手，就在上面铺了一块宽宽的床板。一间屋子两面炕，睡二十多人，李师傅一人占两个人的地方。林基森来了，就跟李师傅一起睡在炕头的床板上。而他的一位胞兄、两位堂兄都睡在对面炕的炕席上。除了上学，林基森总像影子一样跟在李师傅的身后。林基森第一天晚上跟李师傅睡觉，由于车船劳顿，睡得昏天黑地，竟然尿了炕，早晨起来很不好意思。李师傅说："没事，炕热，到晚上就烘干了。"他在家也是，白天贪玩，夜晚时常尿炕。妈妈或姥姥每天半夜都叫他起来撒尿。现在妈妈、姥姥都不在身边，谁来叫醒他？他觉得惭愧，不知道自己是怎么回事，白天像个小大

人儿，晚上就又成小孩儿了。从此，李师傅半夜两点起来煮大碴子饭，就叫醒林基森。厨房里有电灯，林基森起早读书或听李师傅讲故事。

第二天早饭后，父亲把他和林基校一起带到恒兴东的前厅，伙计们正在打开门板准备营业。他们先见掌柜——大姑父王庭均、大伯父林肇东，每人面前的茶桌上都有一盏香气缭绕的热茶。这两位长辈，林基森并不陌生，但今天的派头和往日大不相同。三年前，回泊子吊丧的大伯父，那样慈祥甚至有点儿软弱，哭起来谁叫都不起来，非得林基森去扶他起来不可。今天却是威风凛凛，换了个人一样。

由于近年来生意不好，布匹生意都被日本人统一供销，父亲主动辞去四掌柜的头衔，独自去大栗子沟经营酱园子和机器磨坊。

父亲已经为他准备好书包、课本和一应文具。林基森穿上了崭新的小学生制服和胶底布鞋，走两步，蹦很高，跑几步，比兔子还轻快。他觉得父亲对他抱有特别的期望，便暗下决心好好学习，绝对不辜负父亲的希望。

当时的伪满洲国实行春期始业，2月份开学，林基森就插入二年一班。其实他在山东只读了半年书，还时常停课。二年级的"满语"课没有障碍，他立刻表现出非同一般的优秀。那时的"满语"指的是伪满洲国的语文，不是我们现在说的满族的语言，其实就是汉语。算术课，虽没有学过，但跟得上老师的进度。日语课就麻烦了。日本话一句不会说，七十一个假名一个不认得。上课想去厕所，要用日本话报告，他不会说，只好憋着。

见到父亲，他说："我想去厕所，但不会说日本话，不敢请假。"父亲问身边的姑父说："想去厕所，日本话怎么说？"姑父大笑："我从来没有请假上厕所，所以这句话，我还……真不会说。"旁边的人也都觉得好笑。姑父拍拍脑袋："我想，可以这样说：'わたしはトイレへいきたい（我想去厕所）。'"然后又说，"这样吧，我给你补课，一个星期就让你跟上。"父亲高兴，向林基森介绍姑父的学历：姑父小时候读过六年私塾，古文没有比得过的。可是，什么算术哇、外语呀，却都不会。他没有进过洋学堂，没有喝过洋墨水。但他年轻时候，就在海参崴做生意，不光日本话会说，俄语更是了得。小学校的日本校长，都说他日语发音标准。他说到做到，只用一周时间，把一年级的两册日语课本知识全部帮助林基森补齐。然后告诉林基森："师父领进门，修行在个人。如何巩固提高，全靠你自己了。"姑父身为恒兴东的大掌柜，每天抽出两个多小时给林基森补课，为什么？一是因为亲戚关系；二是看中了林基森的天分。他认定，林家这四个后生，唯林基森是个人才。

环境的变迁没有改变林基森活泼开朗的性格，功课也都跟得上了。尤其是"满语"课，简直就是如鱼得水，这是林基森的强项。他被老师叫起来读课文，发音准确，口齿清楚。上大楷课时，老师几乎大吃一惊，你们山东学生都写得这么好吗？

这是位女老师，姓张，却起一个男人的名字，叫张福贵，年方十八岁，刚从师范学校毕业，穿一身蓝士林布大衫，一双拉带黑布鞋，脸上不施粉黛，短发齐肩，左面分缝，右面用发卡卡住，跟小姑的打扮差不多。林基森觉得她亲切，总想看着她。老师也因为林基森学习好、书法好，格外看重他。但是有一次，老师打了他一板子。那时候，老师普遍打人，功课不好、考试不及格，打板；迟到、溜号、违反校规，打板；严重者打嘴巴子、罚跪。打板是最常用、最轻的处罚。那一次，林基森把一只青蛙放到自己的课桌里，上课时青蛙蹦出来，蹦到一个同学的脚背上，同学大叫，惊扰了课堂，张老师罚他。张老师的板子高高举起，轻轻落下。林基森嗷的一声哭起来了。他淘气，因为淘气，妈妈拿着笤帚疙瘩追着他打，姥姥拿着烧火棍子吓唬他。他见势不妙就跑，所以很少挨打。当着大伙的面，他觉得这一板子打后疼得更厉害。下课以后，老师把他叫到教员室，林基森的眼泪还没有擦干。老师问："疼吗？"

"疼！"林基森抽抽鼻子。"我也没使劲哪！"老师拉过他挨打的手，手心红红的。她轻轻地给他揉两下，林基森赶紧说："不疼了。""上课淘气，惹得全班同学哄堂大笑，影响多不好！不打你不行，懂吗？""懂！"林基森又抽抽鼻子。老师又拽过来他的袖子："看你这袖子，在哪儿淘气剐的？这么大的三角口子，怎么不让你妈妈给缝上？""老师，我妈还在山东，她没来。""你妈？她不在你跟前？你跟谁？跟你爸？""我爹也不在临江，他在大栗子沟。"老师眼圈都红了，一把搂过林基森，一句话也没有说出来。林基森的眼泪却扑簌簌掉下来了。这回的眼泪，不是痛，是感动。他从此把张老师当作亲娘，当作大姐。"放学后，跟我到我家，从今以后，你的衣服破了，我来补。还有，这扣子掉了一个，你要及时找我，给你缝上。""嗯！"林基森从教员室出来，满天都是太阳。

图画课和手工课最不受学生重视。随便画，下课时交卷。不少学生没有图画本，没有蜡笔，用铅笔乱抹。老师坐在前边批作业，学生自由发挥，不画，老师也不管。结果下课时，只有几个学生交卷。林基森画了一只母鸡，身边有六只小鸡崽。他心里想着，母鸡是妈妈，小鸡是大姐、大哥……大姐当然最漂亮，穿着花布衫。林基森喜欢色彩，整张画五颜六色。交卷时，老师用彩笔给他写了五个大字《母子安乐图》，林基森差点儿蹦起来，心想：你咋知道我画的是妈妈和我们？《母子安乐图》这题目多好哇！

还有手工课，也是林基森所喜爱的。林基森心灵手巧，九岁那年在山东，他自己做的手炉就比别人的精致。这一堂课，老师教大家折叠小船。他只看老师折叠一遍便能很快折好。他觉得小船上应该有人，便把平时折过的衣裤套在一起，就是一个小人；没有脑袋，就叠了一顶尖顶的大帽子扣在衣领上。老师把他折的小船举起来给大家看，大家笑着鼓掌。下课后，他兴趣大增，随便用一张纸就能折叠好几种动物，有燕子、螳螂……都是老师没有教过的。林基森最不喜欢的就是背诵日文的"国民训",大家一起背诵的时候,他会偷懒,还爱淘气,嘴乱动不出声,甚至做出滑稽的口型,老师也不批评他。

班里的朝鲜学生占四分之一。那时候人们管朝鲜叫"高丽",不含贬义。他们全都住在江对面朝鲜的中江郡,鸭绿江流到这个地区又窄又浅。枯水季节,人们挽起裤脚,一分钟就过江。夏天涨水,水深漫过腰,孩子们全身脱光,衣裤塞进书包里,一只手高举书包,一只手拨水,两只脚踩水,谁也不肯走一里地绕远从木桥上通过。冬天来了,坚冰、白雪把两岸连在一起,这面的孩子三五成群到对岸闲逛。对岸的中江郡,虽然没有临江城热闹,但异国风情,孩子们好奇,也喜欢朝鲜商店卖的日用品。朝鲜曾是中国的附属国,中日甲午战争后,清政府战败,从那时起,朝鲜就沦为日本的殖民地。日本统治者强迫朝鲜人改姓更名,姓金改姓水源,姓崔改姓横路,姓朴改姓……名字也沿袭日本人的习惯,叫什么大郎、太郎、次郎,三四五六七八郎。可怜的沦陷区的孩子们,乌鸦落到了猪身上,竟浑然不知自己黑色的命运与朝鲜的距离只有五十步哇!他们穿着冰扎子得意扬扬地过江去买日本产的铅笔、橡皮、铅笔拧子,买异国风味的高丽糖。一大块黑色的土糖,用铁锤砸开卖。林基森跟班长等一大群人一起去买过。

一天早晨,第一节课的预备铃声响过,同时响起的还有各班的有线广播喇叭:"同学们注意:现在紧急通知,马上到操场集合!马上到操场集合!"学生们训练有素,很快到操场集合完毕。训导主任简单报告大家:"'皇军'剿匪大捷,'土匪头子'杨靖宇被击毙,现在县公署的城楼上枭首示众。全体同学,一起去参观!"于是一班接着一班,向县公署进发。林基森听得清清楚楚,杨靖宇被他们称作土匪头子。砍头示众,就是说把他的脑袋砍下来啦?林基森心里一阵难过,想哭,但他知道,不能表现出来。同学们排着长长的队伍,鸦雀无声。这是一支发丧

的队伍，却没有一个人哭泣。聂老师，你给我们讲的杨靖宇将军，他死了！还被砍头示众！

路上，一伙日本妇女穿着鲜艳的和服，个个花枝招展、载歌载舞。她们庆祝"剿匪"胜利。

县公署广场聚集了各个学校的老师和学生。大家的目光全都投向那个装着杨靖宇头颅的小木箱子。箱子前面安置了一块透明的玻璃，以便大家看见杨靖宇的脸孔。林基森看见了他敬仰的抗日英雄杨靖宇。将军的头颅就装在那个一尺多高的小木箱子里，脸色土灰，看不清眉眼。林基森努力张望，希望记住将军的面孔，可是面前已经模糊，眼泪禁不住流出，他急忙擦干。他知道，这里已不是他的家乡，他在这里没有一个像张守义那样的朋友，没有一个像聂老师那样的先生。

回到住处，他不想看书，也不想听李师傅讲故事，头朝里趴在炕上，用被子蒙住头，失声痛哭。李师傅叫他起来吃饭，他蒙在被子里抽鼻子说："不吃。"他终于忍不住，于是掀开被子坐起来："李师傅，我看见了他的脑袋。你说，他是坏人吗？是胡子头吗？他不是抗日英雄吗？"李师傅把他拽过来，让他坐在炕沿边："你怎么知道的？这话，可不能乱说呀！""李师傅，你是不是中国人？""是呀，我是中国人。这话也不能说呀。""你告诉我……""我告诉你什么？孩子！咱们不是亡国了吗？还说什么呀！"但是那天晚上，闭灯以后，李师傅给他讲了很多杨靖宇的故事。

杨靖宇是条硬汉子，从"九一八"开始就跟日本人打。后来，他跟上级队伍失去了联系，孤军作战整整九年，没有粮食，没有子弹，伤病员没有医药，冰天雪地里仍坚持着；直到一粒粮食都没有了，子弹打光了，最后在濛江三道崴子（位于临江的西北）被叛徒出卖。鬼子都惊讶，没有粮食，他吃什么呀？日本人切开他的肠胃，发现里面全是草根、树皮……

　　那些日子林基森很压抑，他想山东、想妈妈、想姥姥、想大姐、想聂老师、想张守义……现在爹不在恒兴东工作了，在大栗子沟干，林基森很难见到爹。6月的一天，爹来了，问他学习怎么样。他反问："妈妈什么时候来呀？""还要等两年。""为什么？""爹需要攒够钱。"父亲耐心地向他解释，"现在生意不好做。恒兴东主要经营布匹，现在的棉布一律调去军用，老百姓配给更生布。恒兴东没有生意，我在大栗子沟的作坊，收入也不多。现在你和哥哥两个学生的开销已经不少，妈妈来，奶奶来，一大家子将近十口人，吃粮也是个问题。"父亲说到这儿，林基森立刻表态："爹，我……"父亲急忙说："你没事，放心读你的书。你们俩必须念完初中。我是说，你妈妈只好晚些来。""明白了，爹。我一定好好念书，帮你……"父亲很感动，摸摸林基森的秃脑瓜说："你还小，帮不上我。我回去了。"父亲刚要转身，又站住了，从口袋里掏出一本小册子，给林基森，"想家，就给你妈写信，一个月至少写一封，就照着这个写。"林基森看见小册子的封面上写着：《小学生应用尺牍》。他不认识"牍"字，问道："尺什么呀？""尺牍，就是书信，照这上面的规矩写！"父亲走了，林基森坐下来，当时就仿照那个格式给母亲写了第一封信。然后又在书皮上写上"林基森用"。父亲给林基森的这本应用尺牍发挥了作用。两年时间，他给母亲写了二十九封信，开头都是"母亲大人膝下敬禀者"，结尾总是"此致万福金安"，最后是具名、日期，格式从来不错。这第一封信，他含着眼泪写的，本来只想报个平安，不让母亲挂念，没有想到，憋了一肚子话，不吐不快，连上树捉雀，衣服被树枝剐个三角口子的事也说了，"不过，妈妈，您放心，我们的老师可好啦，给我缝上了。还给我钉扣子。"写完之后，将要封口之时，他忽然觉得，衣服剐破的事不一定非得告诉妈妈，妈妈会担心的。想勾掉却有痕迹，算了，另写。他把那一段删除，再补充一段李师傅的事，让妈妈放心。写信时的心态，恰如张籍《秋思》描

述的情景：

> 洛阳城里见秋风，
> 欲作家书意万重。
> 复恐匆匆说不尽，
> 行人临发又开封。

第七章　心中的红烛

春蚕到死丝方尽，

蜡炬成灰泪始干。

——李商隐《无题》

雪化后，大地呈现出一片鹅黄，春天来了。林基森脱掉外面的大棉袄，露出了里面蓝色的小棉袄。这是他从山东带来的母亲亲手缝制的贴身小袄，经过两个漫长的冬季，领口、袖口被磨破的地方已经露出了棉花。放学的时候，张福贵老师又把林基森带到家里去了。张老师的家在学校后面的一个大杂院里。她和母亲租用东厢的一大间，进屋就是一铺大炕。以炕取暖，冬天不生炉子也不冷。屋地窄小，一张三屉的书桌，两把椅子，一个脸盆架就摆满了。往里走，是一幅白色绣花门帘，里面是厨房，一个锅台两口锅，一大一小。屋子不冷，张老师让林基森脱下棉袄，给他一床棉毯披在身上。然后她看见了林基森红肿的双手："冻成这样？"她小心翼翼地捧起林基森那两只红肿皲裂流着黄水的小手，"没有手闷子吗？""有，那天忘戴了。""哪一天？"

林基森记得是去年12月20日，不知道是什么纪念日，全校师生被迫冒着零下三十九摄氏度的严寒，往返三十里，到猫耳山下的"靖国神社"去参拜。其实入冬之前，父亲就给林基森买了一副厚厚的棉手闷

子。两只手闷子之间有一条细带挂在脖子上。但是那天吃饭的时候，一位伙计跟他说话，耽搁一点儿时间，他怕迟到，背起书包就跑。跑到外面冷风一吹，才想起，坏了！手闷子没有戴。他把双手插进棉大衣的口袋里，再也不敢拿出来。在学校操场上集合站队，手插在兜里还可以糊弄过去，走在冰雪覆盖的长街，手也可以藏在口袋里。可是到了"神社"，要求稍息、立正、行三鞠躬礼时，足足折腾半个小时，两只手一直裸在外面，北风呼啸，如被猫抓狗咬，回到家，就成了红肿的"馒头"，然后是奇痒、溃烂。张老师看到的时候，肿胀渐消，溃烂的部位已经缩小。冬天快过去了，冻疮也快好了，但是张老师心疼："这还了得！手闷子一会儿也不能不戴，临江人都知道。"张老师告诉林基森手闷子的带子一定要缝在后脖领子上，只要你穿大衣，手闷子就不能忘，这是临江人的常识。"今年冬天，我早早地给你缝到大衣上。"林基森很感动，想到这一冬遭的罪，心里也很凄凉。

这时张老师像变戏法似的拿出来几条跟林基森的小袄一样颜色的蓝布条，一边说话一边把磨破的领口、袖口和对襟的边儿全都缝好了。张老师的母亲从厨房里端来一碗鸡蛋羹，让他趁热喝。林基森接过来，放在炕上，说什么也不喝。张老师命令他喝，他也不喝，老师知道林基森的倔脾气，也就不再劝了。

"你母亲什么时候能来临江？"张老师问。

"今年还不能来，这边的房子还没有着落。爹也很着急。"

"你要学会自己缝。听说八路军的战士一人一个针线包，衣服破了自己补，扣子掉了自己缝。一回生，两回熟。待会儿，你走的时候，我给你一个针线包，是我念书住校时用过的。你要学会自立。"林基森想起母亲教导他要立事，心头一热，眼泪差点儿流出来。穿上小棉袄，他觉得浑身充满活力。走的时候，他带回了张老师给的针线包——一个香烟盒大的铁皮药盒，里面装着蓝、白、黑三种棉线，一个金黄色的顶针以及几根长短不一的针。林基森收起，装进书包："老师再见！"忘记了说谢谢。

清明节来了，林基森的小棉袄也该换下了，"清明不脱棉袄，死了变家雀；清明不脱棉裤，死了变小兔"，林基森换了一身春装来到了学校。第一堂课是数学，教导主任夹着点名簿来上课，大家感到奇怪，我们的张老师呢？主任说："张老师病了，我来代课。"那一堂课，很多同学都溜号没有学好。林基森一直在想，她会有什么病呢？她从来没有病，也没有请过事假，总是早来晚走、兢兢业业。今天林基森里面穿的紧身马甲，去年穿的时候就掉了两个扣子，因为穿在里面没人看到，一直没有钉上。今早林基森特地跟李师傅要来两个扣子钉好了，他想告诉张老师，他学会了钉扣子，可张老师却没有来。他想放学后去看看老师，但教导主任通知大家，张老师得的病是肺痨（肺结核），不许同学们去探望。这个消息更让林基森害怕和惦记。张守义得的是痢疾，传染；张老师得的是肺痨，也传染。万恶的传染病，夺去他一个莫逆之交，现在又要夺走他的恩师。他决定：不管谁的通知，不怕谁的阻拦，他一定要去，哪怕只看老师一眼。

放学后，班长带着二十几名同学鸦雀无声地闯进了大杂院。张伯母惊慌了："孩子们，大娘求你们了，回去吧！张老师好了就去上班，就去教你们，你们回去吧！"张伯母苦口婆心，把大家劝走了。林基森不走，坐在房门外的台阶石上，悄悄抹眼泪。张老师在屋里，看得清楚，她对母亲说："妈，你让林基森进来吧！他性子倔强，不让他进来，他不会回去的。"林基森走进屋里，看见老师笑容依旧，他心中一下子就敞亮了。他脱帽行九十度鞠躬礼，第一句话是："他们说你得了传染病，我不信。你果然没有病。"

"你说得对，我没有大病。不过，这病确实传染，你听老师话，以后千万别来。"

"不，我想你！"

"我也想你们哪，等我病好了，我还教你们。听老师话，不听话，老师上火，能养好病吗？"

"老师，我里面的衣服扣子掉了，我自己缝上了。"

"好，我就知道你能缝好。"张老师把他送到大门口，向他挥手。下午的阳光映红了她的脸庞，她还是那么美丽。

又是一年过后，传来了噩耗，年仅十九岁，仅有一年教龄的张福贵老师，终究没有战胜结核菌的侵害。林基森心中的红烛，最后熄灭了。因为她是未婚淑女，母亲要求学校帮助发丧。那天上午，上完第一节课，新班主任带领全班同学站在学校后街的两侧，每人胸前都戴着一朵白色的纸花，等待张福贵的灵柩从此路过。当张福贵黑色的棺材从胡同口拐出来的时候，全班同学齐声哀号，过路的人都为之感动。林基森默默地望着那个黑色棺木渐渐远去，棺材上站着一只呆呆傻傻的公鸡。林基森想：它代表谁？代表老师没有见过的丈夫？据说棺材底下还凿了几个洞，那又说明什么？说明她太年轻？

在室内无人的时候，他掏出张老师给他的针线包，轻轻地抚摸针线包冰凉的铁皮，感觉到张老师的灵魂仍在他的身边。在他模糊的泪光中，他看见了张福贵美丽的笑容。

1943年的端午节，妈妈带领一家人从烟台到大连，再到通化，然后直接到达大栗子沟。大栗子沟本是临江北边的一个小山沟，为什么修起一个像模像样的四等火车站呢？日本人的狼子野心是不难看穿的。大栗子火车站始建于1938年9月，是鸭大铁路线（鸭园到大栗子）的终点。1938年9月，东边道开发株式会社成立，日本人将临江周边地区的煤矿霸为己有，并投资开采新煤矿。这条铁路修成后，日本人更加肆无忌惮，大量的煤、铁等矿产，大批的红松、椴木等优质木材被源源不断地运往日本本土。

　　林基森的父亲在恒兴东濒临倒闭的情况下，在大栗子沟开办了一家酱菜园子。林肇余确实有点儿商业头脑。他不开饭店、不开酒楼，大栗子沟老百姓多半是矿工、农民，他们有多少钱下馆子？但家家户户都离不开咸菜、大酱，所以他的生意还算景气。他在大栗子沟租下一个大门朝东的小院，正房三间，住奶奶、小姑和小姑的女儿；西厢三间，一明两暗，中间是厨房。爹妈带着三个男孩儿住一间，两个女孩儿住另一间。男孩儿住在爹妈的对面炕，不算宽敞，也不算窄巴。林基森听说全家搬来了，把自己的小行李卷一夹，回家了。听说母亲带来了粽子，林基森迫不及待想吃。姐姐给他拿来，笑着说："小馋猫，还是那么馋吗？"晚上与爹妈住对面炕。爹没有回家的时候，他就钻进妈妈的被窝。妈妈呀，林基森没有长大，林基森想妈妈，好想好想啊！

　　第二天，爹给他办了一张学生用的免费定期火车票，早晨早早吃饭，坐头班车去上学，中午去恒兴东吃饭，下午放学坐车回家。大栗子沟到临江15公里，火车运行一小时。林基森每天在火车上往返，学习两小时，其他课余时间则尽情游戏。同学们见不到林基森复习功课，可到期末，他却拿了个第一，这都是在火车上抓紧复习的结果。

　　接替张老师的班主任是朱老师，名叫朱建栋，他是一位身体健壮的年轻人。但他没有干到期末就被开除了，因为一个意外的事故。那年夏天似乎比往常还热，热得大家都像小狗似的张嘴喘气，学生们请求朱老师带他们去鸭绿江里洗澡。临江孩子从小在江边长大，几乎都会游泳，但是班里新来的男生水性不好。大家脱好衣裳，放在一起，个个跃跃欲试，因为全是男生，一律全裸，只有朱老师穿一条三角裤衩。不等老师下令，孩子们都像下饺子似的往江里跳。刚刚下过一场大雨，江水涨高，有鱼往来，没有水草缠绕，与林基森见过的大海不同。他看见新来的同学跳进去了，他也跟着跳下去。水温凉适宜，一身臭汗立刻得到冲洗，好爽啊！可是到了一节课的时间，朱老师吹哨集合的时候，有一堆

衣服没有人来穿，谁呀？是新近刚从长白县转来的同学。出事了！朱老师甩掉上衣，重新跳进江里。林基森清楚记得，那位不知名的同学是在林基森的前面跳进江里的，林基森也脱掉上衣在他方才跳水的地方跳进去了。他方才就在这个地方洗澡，并没有游远。这回林基森往里游几步，就觉得水凉，水打着漩儿，他急忙喊朱老师，说明情况。朱老师从林基森这儿游出去挺远，半天返回来，脸上露出恐怖的灰白。他心里明白，是旋转的激流把他的新学生冲走了。三天后，在下游二十里远的江边找到了那个学生的尸体，肚子胀满了江水。他妈妈还要抢救，把尸体倒挂在牛身上控水。水出来了，人的脸却没有模样了。他妈妈鼻涕一把、眼泪一把，大哭："大六哇！我的大六哇！"林基森听她的哭声，想起自己的妈妈，如果被冲下去的是我，我妈妈刚从山东来就把儿子丢了。林基森很想过去安慰这位陌生的母亲，说什么呢？她的儿子永远没有了。死亡就是这么残酷，不可代替，没法弥补，不能安慰。事后，大家知道了，他们大哥哥似的朱老师被学校开除了。他们还知道，大六的父亲是临江县新任教育科科长。

接替朱老师的是周老师，名叫周玉成。他个头不高，戴一副高度近视镜，讲课的声音很低，对待学生总是和风细雨一般，从来不体罚学生，对林基森更是偏爱有加。语文新课开始之前，他总是布置预习，让学生课前查字典，自己解决生字，扫除拦路虎。多数学生都做不到，不是说没有字典，就是说没有时间。有的家长不理解，什么自学？能自学，谁还上学干什么？回家学，要老师干什么？周老师耐心说服大家，以林基森为榜样，掌握自学的本领，将来很多知识都需要自己去学。林基森按老师要求预习功课。他有一本父亲用过的小学生字典，没事就翻。在周老师的新课没有讲授之前，林基森就能代替老师读课文。外校老师或本校管理人员前来听课，同学们没有预习，胆小不敢发言，林基森总是大胆举手、争先发言，师生互动，课堂活跃。来听课的都说周老师的教学方法好。林基森后来听说周老师是"中央师道学院"毕业的大学生。作文课更是林基森的最爱，而很多同学最不喜欢的却是作文。老师讲啊讲啊，讲了半堂课，叫作作文指导，什么时间啦，地点啦，具体的什么事啦，学生听着，如同隔着一座大山，就是听不进去。而林基森却觉得，一层窗户纸被老师捅破了。有一次，老师给的作文题目是"猫耳山游记"。林基森见到题目就乐了，前天全校远足到猫耳山，不就是这个题目吗？他想了想，提笔就写："8月6日，老师带领我们去猫耳山远足……"周老师只看一眼就说："好，开门见山！"但是，下面怎么写他却想不起来。这时，老师走到他身边，指点他："选择你印象最深刻的风景。描写风景别忘了人，要写你个人的感受……"也是一层窗户纸，老师一点，林基森就开窍。唰唰唰，第二堂下课铃响的时候，只有一个人写完，这个人就是林基森。周老师对林基森偏爱有加，讲评课的时候，林基森先朗读自己的文章，然后由周老师当众指点、评议这篇文章的写法、优点。周老师用了一个大家很不熟悉的词——一气呵成，然后具体点评说："林基森作文的最大优点是语言，不仅顺畅流利，而且善于使用形容词。有些词，是我们课本里学到的，他用得准确，比如蔚蓝的天空、流水潺潺、五彩缤纷；有的词，课本上没有学过，他也用得很好，比如心旷神怡、欢呼雀跃、翩翩起舞……"说到这儿，周老师停顿了一下，直接问林基森："这些词，你是在哪儿看到的？"林基森站起来答道："在一本杂志上看到的。""哪一本杂志？""《麒麟》。"同学们一听，一致震惊：那是一本在成年人中间流行的刊物哇！恒兴东的掌柜们闲时就看。林基森跟大伯父说，他要带回去看。大伯父说："小孩子家，看这些闲书干什么？拿去吧！"从此林基森就喜欢上看课外书，《三侠剑》《七侠五义》《荒江女侠》，甚至姑姑爱看的《鸟语花香》《爱河潮》……

张福贵和周玉成两位老师都是他心中的红烛。他在1998年春风文艺出版社出版的《林声散文》里收入了一篇《心中的红烛》，其中写了三位老师，除了聂老师外便有这两位先生。

感恩是一种积极向上的谦卑的态度，它是自发性的行为。当一个人懂得感恩的时候，便会将感恩化作一种充满爱意的行动，实践于生活中。

第八章 啃 槽 帮

我是个主张趣味主义的人，倘若用化学化分"梁启超"这件东西，把里头所含的一种元素名叫"趣味"的抽出来，只怕所剩下的仅有个零了。

——梁启超《学问之趣味》

解题：牲口们吃草料的时候，所处的位置是有区别的。那些出大力驾辕的大牲口，面对槽子的正中，槽子正中草料丰美，吃起来也方便。而那些出力不大的驴马，则靠边站着，只能吃点儿边上的草料，这叫啃槽帮。这篇文章的题目是林声自拟的，意思是说那段时光他闲着没事，就去看戏，看戏不买票，不能坐正座，就坐在卖不出去票的二楼边座上啃槽帮。那是哪段时光呢？是1944年下学期到1945年上学期。

这段时间，是伪满洲国垂死挣扎的日子。"皇军"的"大东亚圣战"打到了"全球共诛之""全球共讨之"的艰难时刻。同盟国的飞机，不但轰炸日本本国的国土，也不断光顾为"圣战"提供军事设备、军用物资的伪满洲国。因此，伪满洲国物资极端匮乏，谁家藏有铜制品，包括铜锅、铜勺，甚至老爷爷帽子上的铜疙瘩、老奶奶做活用的铜顶针、小孩儿身上的铜纽扣，都必须拿出来捐献，以支援战争。表现在学校，正常的教学秩序全被打乱，教室的玻璃、校长室的玻璃一律贴上

米字纸条，人们随时准备钻进防空壕。教师缺席，有的课被迫停止。首先是日语课，那名趾高气扬的朝鲜老师不见了。上前线了吗？没有人知道，也许进了"忠灵塔"（阵亡的日本军人的名字都进入"忠灵塔"），谁能说得清！

周老师的"满语"课照常进行。学生不能按时完成作业时，他给大家朗读一首诗，并且写在黑板上，让大家抄写、背诵"明日复明日，明日何其多！我生待明日，万事成蹉跎。世人若被明日累，春去秋来老将至。朝看水东流，暮看日西坠，百年明日能几何？请君听我明日歌"。学生贪玩旷课，他就朗诵李白的"光景不待人，须臾发成丝"、陶渊明的"盛年不重来，一日难再晨。及时当勉励，岁月不待人"。有一天早晨，林基森的同桌王行星神秘兮兮地跟他说："今天，新角打炮，演包公戏《包公赔情》，咱俩下第二节课就溜，我在校门外等你。""不行啊，第三节、第四节是作文课。""作文课，你怕啥？回家做去。"林基森一想，也是，他们课堂上做不完，都回家去做，明早交；有的人干脆就不写。我今晚写，明早交，不是两不耽搁吗？林基森喜欢京剧，特别喜欢花脸，红脸关公、黑脸包公和张飞，他都爱看。他特别爱听花脸大笑："哇哈哈哈！""呜呼啊哈哈哈哈哈！"笑得那么夸张，那么痛快淋漓，那么开心！有一次在家里，爸爸夸他的毛笔字大有长进，他一高兴就忘乎所以："呜呼啊哈哈哈哈哈！"把全家人逗得哄堂大笑，小妹笑得滚到大姐怀里，三弟没有听够，说道："二哥，你再来一回。"林基森偷偷看了父亲一眼，父亲似乎也有忍俊不禁的样子，却没有批评他。母亲说："在哪儿学的怪调，不正经！"父亲却说："这是京戏花脸的笑，你一定是跑戏园子偷看戏去了。"林基森不隐瞒，他把王行星带他啃槽帮的事说了，说王行星的家是开戏园子的。父亲想一下，竟说出了王行星父亲的名字。林基森高兴地说："爹，你们认识呀？""临江才多大的地方？戏园子老板也算是有头有脸的人，岂能不认得？再说，能看京戏，结交票友，没事能喊两嗓子京戏，那是一种文化、一种档次。"林肇余并不觉得有什么不好。此后，林基森就好像得到了尚方宝剑，只要做完了功课，他就"呜呼啊哈哈"一番！临江县城不大，戏园子却红火，隔几天来一拨戏班子。新角打炮，有两个穿红衣戴红帽的演员，坐在马车上吹喇叭，旁边一人撒戏报。"财迷买彩票，戏迷买戏报"，林基森和王行星就跟在马车后面抢戏报。霜降时分，白雪不飘，西北风一溜，鼻涕一大把，两个孩子追着马车，照样奔跑。戏报用粗劣的彩纸印制，上面有新角的艺名、戏种、内容简介，林基森百看不厌。他把抢来的戏报装订成册，没事就拿出来看。在班里，他唱红了，成了"名角"，不但会唱花脸、老生，还愿意表演旦角、青衣。他用蓝包袱皮当头巾，用一条小绳当手铐子，扮演苏三，悲悲切切地跪在地上："苏三离了洪洞县，将身来在大街前。未曾开言我心内惨，过往的君子听我言……"变声期的男童声，勒得精细，有板有眼，自己配乐过门。王行星扮演崇公道，就在一边叫板："啊哈！"然后念起崇公道的台词："你说你公道，我说我公道，公道不公道，只有天知道。在下崇公道……"京腔、京韵引起全班同学大声尖叫，热烈鼓掌。时间长了，同学们都知道他俩会唱什么，大家索性就在下午的自习课堂搭起了京戏的舞台。有人喊《空城计》，有人喊《贵妃醉酒》，这两个孩子有求必应，你想听啥他来啥。戏园子是王行星家开的，唱槽帮不花钱，一出戏来回听，他俩给同学反复唱，全班普及，差不多都能来两句。没事就吼两嗓子，此间，林基森外号"半台戏"。最出彩的是《乌龙院》中的几句对白，两个孩子创造性地即兴发挥，同学们差点儿笑破肚肠。林基森扮演宋江，王行星反串阎婆惜。他把帽子翻过来戴，帽上别一朵狗尾巴花，勒着小细嗓唱道："奴家阎婆惜……"手里擎着一个黑板擦。

"娘子手里拿的啥？""宋江"问。

"绣花鞋。""阎婆惜"答。

"俺看是个男人的鞋，拿来给俺看看！"

"俺不要你看，你手脏。"

林基森把手在自己的衣襟上蹭两下说："擦过了，手是干净的。"

"不干净，一盆水，好好洗洗！"

林基森从老师的讲桌底下掏出一个洗脸盆说："没有水呀！"

"外面打去，那不是有一口老井吗？""阎婆惜"指着教室外面那口井。

"不敢去呀，怕老师看见，打屁板。""宋江"放下脸盆，灵机一动，"哎！有了，有了！"

"有什么啦？"

林基森摊开两手，做出吐唾沫的样子说："俺用这自来水吧！"包袱抖开了，全场掌声爆响。同学们都说这两个戏迷将来一定都是梨园新锐。谁也想不到，二十年后的林基森当上了国家干部，王行星中学毕业后当上了百货公司的采购员。

有一段时间，名角不来打炮，撒戏报的马车也不出来。林基森很想他们，特别是那两位穿红衣戴红帽吹唢呐的人，他俩互相对视，鼓腮帮子、扬脖子的样子有点儿滑稽。林基森跟着车跑，不仅为了抢戏报，戏报一张就够，他还要跟到最后把戏报撒完，就是为了多看几眼那两个红衣红帽人。他发现，每场大戏结束观众退席的时候，他们俩就吹起欢送的唢呐，起劲地鼓腮帮子。

一天，林基森来看账房先生杜某某。杜先生接替父亲的职位，是父亲的好朋友。他为人谦和，林基森从山东刚来那天，他就拍着胸脯表示："你以后有什么事都可以找我。"林基森记住了他，他告诉林基森恒兴东马先生是京戏大腕，全县有名的票友。林基森于是黏上了马先生，经常找他说戏。

这天，他从大门走进来的时候，看见门斗上悬挂着四块牌匾，正门"恒兴东"三个大字，他明白那是商号的名字，另三块匾是干什么的？

他去问杜先生。

杜先生一愣，心想这孩子怎么会提出这个问题？恒兴东大门人来人往，男女老少，从来没有一个人提出这样的问题。"小林，你算问着了，我杜某人江湖遇知音，就是喜欢这三块匾。它不但字写得好，而且意义非凡。"他把林基森拉到自己跟前说："你几岁？才十二岁就提出一个大学问家的问题。贤侄，今天我简单给你说，我先收你为徒，改日我详细说给你听。这里边，学问可大了——你记住那三块匾写的什么吗？""记得！忍为高，和为贵，信为本。"

杜叔叔便从这三块匾的内容谈起："那三块匾是恒兴东的心，也是恒兴东的座右铭。你看那忍字，心字头上一把刀，刀扎你心口，你得忍。我们商人，地位最卑微。工农兵学商，我们排最后，谁都比我们大，谁都管得着我们，我们必须学会忍……再说信，买卖人，必须讲诚信。不讲信誉，谁敢跟你做买卖？你大伯林肇东以诚信著名，一个电话，不用现金支票，也不用合同签字，对方立马发货。你姑父大老板，就凭这一条，就把他从安东调到临江当上了恒兴东二掌柜……"

"普通人家可不可以在大门上挂一块匾？"

"可以呀，皇宫里可以挂匾，如'正大光明'；名人大家可以挂匾，如郑板桥的'难得糊涂'，纪晓岚的'阅微草堂'；普通人家也可以挂匾，可惜呀，有几人有这般雅兴！我家也没有一块匾哪。"林基森在心里发誓，我将来一定给爹做一块匾。

一天中午，林基森去恒兴东吃饭，遇到杜先生。杜先生问："你每次见到我总有几个问题，今天问什么呀？"林基森问："最近半个多月戏园子没有新角打炮，这是为什么？""这……你这问题，我可回答不上。可能是……不知道，真的不知道。怎么？戏迷抢不到戏报啦？"然后他压低嗓子说："今晚，我带你去一个地方。吃完饭，我在门口等你。"林基森很兴奋，忙问什么去处、什么大戏。杜先生说："奉天名角，唱奉天大鼓。"

晚饭后，杜先生把他带到一条窄巴的小街。那时全城灯火管制，黑灯瞎火，林基森辨不明东南西北。杜先生说："这一溜七八家书馆，多数都唱二人转、拉场戏，有的说评书，咱今晚听刘先生的鼓书小段。你听听，那才叫名角呢。"杜先生掀起一家书馆的门帘子，林基森跟着他进去了。小小的、矮矮的舞台上，一位三十多岁的女角正在演唱《樊梨花三气薛丁山》。小剧场还没有林基森学校的一间教室大，长条板凳坐满了也不过五六十人。观众稀稀拉拉，多是五六十岁的老年人。一个卖瓜子的小贩在场子中间来回走动，边走边喊："五香瓜子！"杜先生带着林基森绕到剧场最前排，虽然也是长条板凳，但座前有长条木桌，桌上有茶壶、茶碗。杜先生说，这就是雅座。他二人刚坐下，小贩就送来两包五香瓜子。林基森提壶先给杜先生斟茶，自己也斟上一杯，学着杜先生的样子，用碗盖轻轻地拂去茶叶末，斯斯文文地喝。雅座上，只有他们两人。林基森纳闷，这女的就是奉天名角吗？她唱的樊梨花是什么人？林基森听不出来，想问又不敢出声。突然一声锣响，演出告一段落，女角回到舞台里的门帘后面，退场了。一位老者擎着一个铜盘开始收钱："两分钱一段，交钱了，您哪！"进屋不买票，先听后交钱。这是书馆的规矩。有的人交完钱走了，有的人陆续进场。观众明显见多，雅座也满了。林基森问杜先生樊梨花是谁。杜先生抿了一口茶说："大唐征西女将，巾帼英雄！你大概没有看过京戏，《薛丁山征西》《樊梨花招亲》，故事一样，互相借鉴。以后你常来，这些艺人还会自己编段子，本事可大呢。"

"我自己来，就在后面坐，两分钱一段，不贵。"

"雅座多少钱？我看你给他五角钱？"

"两人一壶茶、两包瓜子，听到半夜，三角钱就够。今天多给，改日没有带钱也可以白听。"

"你说的刘先生，是男的吧？"

"嗯，人家原来在奉天北市，唱红了。"

"怎么跑咱临江来啦?"林基森又来刨根问底。

"他好像是摊上点儿什么事。你这孩子什么都要问，我哪知道那么多!"杜先生转移话题，"你瞧，座位全满了，后面、旁边的人都站着听。今天，他唱《宝玉哭灵》，哭的那个悲呀!哦，来了!"

舞台上的小门帘一挑，出来几个琴师，个个手里拿一把乐器。三弦、四胡，他认得，还有其他的，林基森就叫不出名字了。后面上来的一位男角，三十多岁，长发中分，身着淡青色丝绸长衫，飘然若仙。只见他走到鼓架前站定，右手操着击鼓的鼓箭，左手一副檀木简板，对着扁圆形书鼓一顿紧敲，没有开场白，直接就唱："金玉良缘将我骗……"拖腔婉转悠长。再来一棒鼓，再唱。男角吐字清晰、字正腔圆，比那京戏名角更能让人听懂。林基森既想记住曲调，又想听清鼓词，还想看着他脸上的表情，忙得他耳朵不够用，眼睛顾不来。他的第一感觉是好听，尤其是那拖腔，拐了九九八十一道弯，抑扬顿挫、婉转悠扬。他急忙记住几句鼓词，咂咂嘴，仔细咀嚼，觉得特有韵味。听到"可怜我生不能临别话几句，死不能扶一扶七尺棺"，林基森眼泪掉下来了，想起好友张守义，临死前也没有见上一面。"想当初，你孤苦伶仃到我家……我与你情深……"他忘记了是刘先生在演唱，自以为聆听贾宝玉的哀恸，他觉得自己的心里也有很多委屈，想哭，想大声痛哭。身边的杜先生黯然神伤，后面的观众涕泪唏嘘。一声锣响，"东船西舫悄无言，唯见江心秋月白。"全场观众都在贾宝玉的哭声中生发出自己说不出来的哀伤。"杜叔叔，我能看到他的唱词吗?""一会儿等刘师傅唱完，我把你介绍给他。你跟他要，他有唱本，书摊上也有卖的。"

那天晚上，直到夜深，一壶茶，多次续水;又来一包瓜子，也都告罄。少年善感的心灵，漂荡在传统鼓书的海洋里，耳听弦声呜咽，心中品尝着人生的悲凉。林基森的少年情感，因艺术而汹涌澎湃。

第九章　罚　跪

追兵来了。

可奈何！

可奈何？

娘啊，

我像小鸟儿回不了窝，

回不了窝！

——《黄河之恋》歌词

　　1944年6月，位于长白山腹地的临江，进入了生机勃勃的夏天。连绵起伏的大山，呼吸着接天连地的原始森林的绿色，还顺手撒下五颜六色的山花野草。不要小瞧这些洞边岩隙随意长出来的生命，它们常常是救死扶伤的瑰宝。大山里有许多不知名的李时珍，他们可以辨认哪些是昂贵的香花，哪些是不可染指的毒草。最著名的当然是被称为百草之王的老山参，早在一千年前，就有人踏入这虎狼盘踞的无人区。七两为参，八两为宝；挖到一株，一辈子够过。最早进山采参，踏入虎狼之地的探宝人，除了当地稀少的山民外，还有关东人的邻居——山东人；也说不定，还有跨海而来的蓬莱人。当地居民为什么稀少？据说，清朝政府有过禁令，这里是满族人祖先的诞生地。传说中清太祖努尔哈赤的祖先是曾在长白山天池洗澡的仙女所生，姓爱新觉罗，名为布库里雍顺。既然是神女下凡的地方，就该保护，就该"闲人免进"。因此长白山区的生态被一个美丽的神话保护着，直到18世纪末，这里的居民都一直保持着稀少的状态。自从日本关东军的魔爪深入长白山，不仅大量的原始森林的树木被砍伐运回日本，而且神秘的中草药基因库也被打开了，大量的珍贵药材被掠夺，就是那漫山遍野的普通药材，他们也不放过。他们以支援"大东亚圣战"为名，动员中小学生上山采集山葡萄，搜集天南星、龙胆草、细辛、刺五加、柴胡、淫羊藿、蒲公英等药材。山里人说，见草就是药，所以他们什么都要。

开始是老师带着学生上山。老师带着草药的标本，以班为单位，集体活动。后来，任务落到每人头上，只要你按时交上一定数量的山货、草药，或一个人进山，或两人结伴，或三五成群，自由结合，不拘形式。

6月的一天，林基森的学校下达的任务是三天之内每人采集二十公斤山葡萄，第四天返校上课。没有完成任务者继续劳动，所以返校上课的人越来越少。林基森会同五个要好的同学，每人带一条破面袋、一把镰刀，还要带上一顿午饭。大家知道林基森胆大、有智谋，人又仗义，都愿意跟着他。他们绕到山背后，往下看，谷底岩下全是一蓬一蓬的山葡萄。大家很兴奋，如同哥伦布发现了新大陆，只这一处就可以完成三天的任务，赶快下去吧！不行！下到谷底有一段险路，不可轻举妄动。林基森在前面开路，在没有路的榛莽树丛中穿行，在巨石陡壁间迂回。在快到谷底的小树林里时，林基森站住了："来，大家先喊一通，把熊瞎子赶跑。""啊？有熊瞎子吗？"听说有熊瞎子，一个叫赵廉的小同学胆怯了："你喊它？它要是不走，跑来咬我们咋办？""它不走，咱就快跑。你跑不动是吧？喂熊瞎子去吧！"赵廉快要哭了，林基森笑了："吓唬你呢，熊瞎子不吃人。"林基森刚说到这，一个同学接着说："黑瞎子

不吃人，它舔人。它舌头上带刺，舔一口，一层皮；两口，就到骨头了。"另一个同学也说："见到黑瞎子不能跑。黑瞎子不吃死的，你要装死，躺着不动。"大家七嘴八舌，都说装死不行，太吓人了。一个同学又说："我奶奶说，黑瞎子不吃人，它用屁股坐，大屁股一千多斤坐上去，压死你。""妈呀，吓也把人吓死了。还是别下去了！"林基森灵机一动，拿起镰刀顺手就在身边砍下一根手指粗的细棍说："一棵大树它都能够撞倒，小细棍顶什么用？""听我的，咱们大家连喊带叫，用树条子抽打石头、大树，我不信它不跑！"同学们没有别的办法，就按林基森说的办。大家乱喊一阵，又用树条子猛抽身边的大石头，大山回应，空谷传响。不见熊瞎子出来，一只白兔窜到眼前，被赵廉一把逮住。林基森立刻向他竖起大拇指，他乐颠颠地摩挲小兔的耳朵。"走，下去！"林基森边走边抽打身边齐腰深的野草，"小心有蛇。"到达谷底，好大一片山葡萄，蔓生得一人来高，与圆枣子藤蔓混生在一起。一个同学说："黑瞎子最爱吃圆枣子，我敢断定这儿没有黑瞎子。""何以见得？""你看，这不是一棵树吗？圆枣子爬上树了。如果黑瞎子上树去吃，它吃完了，不会下来，就得往下摔，地上必然摔个大坑。你看这，没有坑，圆枣子也没有被破坏，放心吧！"林基森听他说得有理："好啊，趁黑瞎子未吃，咱先吃。"说着，他把一颗半熟的圆枣子扔嘴里了，"哇，好涩。呸！"另一个同学说："我看它最爱吃苞米，你没有听过黑瞎子掰苞米——掰一棒扔一棒……"大家的嘴都没有闲着，吃一颗圆枣子涩，咬一口葡萄粒子酸。镰刀闪闪，手也不停，只一个小时，一袋子都塞满了。歇一会儿吧！他们在一块大板石上坐下来。周围的草太高，不透气，他们又重新起来把高草放倒，来，吃饭。六个人吃一样的饭菜——大饼子、咸菜。那时候，能供得起孩子上学念书的人家，这就是好伙食。吃吧，风卷残云！什么样的环境都不影响孩子们的食欲。

　　"我去找点儿水。"一个同学提议，"赵廉捉兔子的地方，我听到水声。"

"我看见了，石头缝里淌出来的。"

"走，看看去！"六个人都往回去的路上找水。他们在一丈多高的岩壁下面发现一眼小泉，水浅不足一寸，方位狭窄，没有餐具，六个人只能轮流着伏下身子撅着屁股直接用嘴吸水，很不方便。"哈，真甜！水足饭饱。"一个同学喊，"累死了，我想在这睡一觉。"另一人也喊："我也想睡。"

"光天白日，睡什么觉？我提议，让林基森给咱们唱一段！"

"可惜我的搭档没有来，王行星若是来了，我们俩就在这青石板上给你们表演《三岔口》。"

"就是呀，王行星怎么不跟我们来？"

"他病了，跑肚拉稀。"

"林基森，《三岔口》是怎么回事？你自己给我们唱！"

"这是一出哑戏，不唱，两人演。"

大家的胃口一下子都给吊起来了："怎么演，你今天说说，明天回学校演。"

林基森也有点儿乏困，大家既来了情绪，索性讲给他们听："好，别睡觉，听我讲。"他挺起腰板、坐直，模仿评书演员的腔调，用手拍一下石板表示拍了惊堂木："话说大宋年间，杨家将门下……"他刚开头，就有人叫好："杨家将？穆桂英挂帅？""别打岔，听林基森讲！"

"今天不讲穆桂英大破天门阵，讲一段武戏《三岔口》。且说杨家将门下有一位大名鼎鼎的三关上将姓焦名赞，他一怒之下，杀死了奸臣谢金吾，被发配沙门岛。由于路途遥远，杨延昭恐奸人途中加害焦赞，特派部将任堂惠暗中保护。他们走至三岔口的一家小店住下，暗中护送焦赞的任堂惠也住下了。原来这是家黑店，店主刘利华是个作恶多端的强盗，专做劫财害命、杀人越货的勾当。刘利华一见焦赞，便起了歹心。

他把焦赞安排在店里住下，便同老婆商量，想趁夜深人静时把他杀了。任堂惠暗中观察，见店主刘利华有些鬼鬼祟祟，定是不怀好意，于是做了防备。当晚两人摸黑交手，谁也看不清谁。黑灯瞎火中，你踢我打，非常惊险，也非常有趣。但台下看戏的人却看得明白，穿黑衣的丑角是刘利华，穿白衣的武生是任堂惠。任堂惠一脚踢到了刘利华的鼻尖，就差这么一点点。任堂惠刚刚跳下桌子，刘利华就扑了上去，有几次双方都打到了，可立刻又失去了目标……"

林基森还没有讲完，忽然一个同学说道："不行，光说不唱，没有意思。还是唱一段《苏三起解》吧！"

另一个同学却不同意，他说："《苏三起解》唱过了，来一段新的吧！"

林基森扑棱一下站起来，跳下了青石板："我给你们唱一首新的。你们坐着听，我站着唱。"

一曲《松花江上》他唱得悲愤交加，五位观众听得心魂荡漾，大家齐声问道："这是什么歌，太感动人了。""就是有点儿太悲了，我都差点儿流泪了。""再唱一遍吧？'爹娘啊，爹娘啊！'这一句最感人。""'流浪，流浪！'这歌词也好记。你再唱一遍吧？"

再唱一首《大刀进行曲》："大刀向鬼子们的头上砍去……"一开头就把同学们镇住了，他们从来没有听过这样高亢、这样有力、这样有趣的歌曲。他们除了几首烂熟的校园歌曲会唱外，有的同学还从哥哥姐姐那里学会了几首流行歌曲，如《满洲姑娘》《王老五》……《大刀进行曲》这样的歌曲他们从来没有听过。这是什么歌？结尾一句"杀！"太好玩了！

大家正七嘴八舌地说着，赵廉大叫："兔！我的兔子！"他砰的一声蹦下青石板，捉兔子去了。林基森也转身帮赵廉捉兔子。一场大山背后别开生面的音乐会到此结束。那天下山后，林基森和赵廉还去看望了跑

肚拉稀的王行星。

第四天返校复课，班里缺席十多个人。王行星约林基森下午去啃槽帮子，但周老师通知林基森下午把作文本发下去。这是林基森最喜欢上的课，这次作文题目是"我最尊敬的人"或自命题。林基森写了《我的老师张福贵》，自觉写得不错，正盼望老师给他更有趣的评语。可是他刚刚把作文本发下去，六年级的一名值周生敲门喊："林基森，到训导处去一趟！"

林基森立刻紧张起来。训导处主任周大麻子是有名的周大巴掌。他扇嘴巴子最狠。他找，能有好事？他忽然警醒，想起前天他在猫耳山说的话、唱的歌。他知道了吧？他会怎样惩罚我？如果是小时候，他可以抬腿就跑，跑回泊子，跑回下朱潘，唉！他想姥姥了。

训导处里，只有周主任一人在记事板前写字。林基森敲门后喊报告进屋，周主任坐到他的皮椅上。

"林基森？"

"是。"

"知道我找你什么事吗？"他头也不抬，在自己的记事本上写字。

"我说了不该说的话，唱了不该唱的歌。"

"说什么啦？唱什么啦？"他声音不高，在记事本上快速记录着。

"说'我们是中国人，不是"满洲国"人。"满洲国"是中国的东三省，关东……'"

"还说了什么？"

"还说日本鬼子……"

"你听谁说的？"

"聂老师。"

"哪个聂老师？他叫什么名？"

"山东蓬莱泊子村的聂老师。叫什么名，我不知道。"

"还说了什么？"

"没有了。"

"唱的什么歌？谁教你的？"

林基森都如实回答了。周主任才抬起头说："知道这是什么罪吗？"

"不知道。"

"告诉你，思想犯！我应该把你送到警察署。去，自己去后操场的领操台上跪着。"

"是！"林基森行礼退出。过程显得低调而简单。

林基森爬上比他家炕沿还高的领操台，跪下时，他四周望望，还好，操场上几乎没人。篮球架下只有一个学生，自己练投篮；平衡木上有两个戴袖标的值周生，似乎在监视他。那天是个假阴天，6月午后的阳光却不强烈，林基森用手背抹一把浅浅的泪痕，两腿始感酸乏。这事怎么了结？罚我跪到什么时候？操场上怎么没有人？开始他怕有人看见他，此时，他忽然感到没有人更可怕。妈妈你肯定不知道这事，你最好永远不要知道。爹，我没有听你话，我，我不知道怎么回事，我忘了你的嘱咐。不让说中国人！你周大麻子不是中国人？等我长大，娘的，我去投八路，找聂老师去！哎，腿疼，膝盖骨像针扎进去了一样疼。跪到什么时候？两个值周生剩一个了。跑吗？不行，那会更加糟糕，挺着吧！挺不住了，疼死了！不如打我几下。打？前几日，他见过周大麻子打人，左右开弓扇嘴巴子，一个嘴巴一个跟头。若是我给你一个电炮，你试试，管你鼻孔蹿血。他想不下去了，他想躺下，腿要折了。折了！妈妈，姥姥，乐芳要死了！死了，谁也管不着。这太阳也欺负人，方才晒得他浑身冒汗，他头昏脑涨，现在又躲进云彩里，西北风一刮，伸手立刻起了一层鸡皮疙瘩。他想躺下，他看不见自己的影子了。他大概快死了吧？他想起张守义、爷爷、张福贵老师……

当他被值周生叫醒，夏夜的第一颗星已经出来了。值周生把他搀下领操台，"回家吧！"林基森不想回家，头昏、肚子饿，满天星星陪伴他。他去恒兴东后院找到了李师傅的热炕头，在李师傅身边，他把自己像装满一袋子苞米面的面口袋一样扔在热炕上睡了。

下半夜，李师傅起来做大楂子饭，叫醒他起来撒尿。李师傅还把他当成夜尿的小儿，一股久违的亲情一下子撞到他那稚嫩的心扉，他投入李师傅的怀里呜呜地哭起来了："李师傅！""怎么没有回家？没有见到你爹吗？"原来李师傅知道林基森在学校出了事，知道他爹被学校传了过去，但详情却还不知道。林基森反过来担心起爹来了，但是，他现在很饿，肚子里抓心挠肝。厨房没有剩饭，李师傅笼火先给他做一碗苞米面的疙瘩汤。喝了一碗热乎乎的疙瘩汤，他决定回家！"大半夜哪有车呀？""走回去！爬也要爬回去，我要见爹！""他们不敢把你爹怎么样，你不能总这样毛毛愣愣的。"李师傅以长辈的口气把林基森制服了。他乖乖地躺下，困倦的火车立刻钻进了黑暗的山洞。

早晨，李师傅把他叫醒："吃完饭，赶快上学去！"

"不去了！"

"什么？不上学啦？"李师傅惊讶得说不出话。

"不念了。"他小声说，心里想，像小舅那样，整天在外面闲逛，不上学，不也挺好吗？他自己都想不到，他如此热爱的学校，如此热爱的老师同学，竟然变得如此隔膜。昨天，他跪在那里竟然没有一个人过来看他。他心里凉凉的，一心想回家，想回下朱潘。但就在这时，爹忽然出现了。"谁说不念啦？想回山东放牛去？"爹的语气和缓、亲切，仿佛什么事情都没有发生过。"这一周，你们学校放假、挖药草，你就在家写大字。""您给我请假啦？"他真想上前拥抱父亲。"这么说，我的事结束啦？不用去警察局啦？这个周大麻子！"他在心里说，抬头看，爹已经走了，我可以不上学了。他想去找王行星，算啦，回家吧，不吃饭赶第一班火车回大栗子沟！

　　这件事如此了结，林基森始终认为是个谜。他试探着，想问问爹妈，谁都像没有听说过一样。但爹分明到学校去过，还给他请了一周的假，这事到底是怎么了结的？

　　两个月后的一天，林基森问杜先生。杜先生冷笑一声："不明白呀？你呀，就是嫩啊，你爹他花钱了呗！"林基森恍然大悟："啊，杜叔叔，得花多少钱？""不知道。你爹，他不会说。"

　　"你估计……"

　　"不能少，少了摆不平。"

　　林基森没有这方面的知识，他只知道这次的祸惹大了，是一个不能想象的数字。他不明白自己说的那一句话，那么值钱吗？"杜叔叔，我就说'我们是中国人，不是"满洲国"人'，这不是真话吗？"

　　"小子！就因为是真话才不准你说。有的真话，一辈子都不能说，两辈子不说，三辈子就变假的了，假话就成真了。这叫'假作真时真亦假，无为有处有还无'。"

第十章　望江楼

明月几时有？

把酒问青天。

不知天上宫阙，

今夕是何年。

——苏轼《水调歌头·明月几时有》

　　林基森病了，伤寒病，浑身滚烫，高烧持续不退，口干舌燥，舌头隆起厚厚的鱼鳞似的舌苔。妈妈用苞米淀粉给他做了一碗片汤，放了些生姜、胡椒，上面撒些香菜末，里面还卧了一个鸡蛋。看得出，妈妈是尽其所能给她的宝贝儿子做了一碗美食兼汤药。大姐端过来的时候，身后跟着三弟和四弟。

　　"给他们俩每人拨去一些，这么大碗，我自己吃不了。"林基森一天没有吃东西了，嗓子肿痛，每咽一口唾沫都疼得要命，头晕脑涨，瘦得皮包骨。母亲说："鬼怕恶人，病怕撑。呼噜呼噜，趁热喝下去，出一身汗就好了。"他坚持让两个小弟弟帮他吃，特别是小四，望着那一大海碗冒着热气的面片垂涎欲滴，好可爱呀。小四今年五岁，总是黏着二哥，只要他一露面，小四必定第一个冲上去，接过他的书包，而他总是把小四拎起来，举到肩膀上坐一下。小四哈哈大笑，享受着被哥哥宠爱

的快乐。这时候，小妹就嘲笑小四："多大啦？还骑人脖颈！还笑！"林基森把他放在地上，他也不好好站着，拽着他的胳膊，搂着他的腰，要他接着讲红孩儿和妖精的故事。林基森觉得他嗓音亮，教他唱花脸，给他脑门上画一个阴阳鱼，呼呼哈哈哈地笑……

大姐拿来一个小碗，给小四拨去小半碗片汤，他问三弟："你也要哇？"三弟七岁了，自觉是个大孩子，说道："我不要！"小三跑了。小四想站在二哥身边和二哥一起喝，林基森说："去高桌那边吃去，小心二哥传染你。""我不怕传染！我跟二哥一起吃！"他抬头看见妈妈的眼神，立刻端起小碗乖乖地去高桌那边了。

林基森的伤寒病，因为他体质好，不到两个月就见好转。邻居家的二狗子，跟他一起得病，现在还在发烧、说胡话。林基森病情渐好的时候，嘴苦，特想吃有味的东西，不敢跟妈妈说，他整天跟大姐念叨："苞米熟了，烤苞米最好吃；朝鲜人吃的明太鱼，其实不贵，烤着吃，特别香。一口烤苞米，一口烤明太鱼，那才叫绝配哩！高丽糖颜色不好看，味道很特别。日本糖比高丽糖更好！"大姐在一边听着，知道他嘴馋吃不着，叨咕叨咕不过是过一把嘴瘾。于是反问他："日本糖，你吃过吗？"他大声回答："你忘了？二姑那年来，给奶奶带来的。""你吃到啦？""当然了。奶奶给我一块。含在嘴里，五脏六腑都舒服。你没有吃过，你不知道。"说到这，他忽然想起永森糖的味道，恨不得马上含在嘴里，嗓子眼里仿佛有一只小手抓挠着，迫切地想吃。他改变口吻说："大姐，你有钱，我知道你有钱。我的压岁钱一分都没有了。妈妈说，给我买卫生衣了。我不要卫生衣，我要永森糖，大姐！""馋了，是不？你从早晨起来，叨咕到现在，就是想吃，小馋猫！不就是永森糖吗？我明天去给你买。""不，现在去买。就在临江火车站下面的日本商店里买。"大姐看见他的馋相，心生怜爱。母亲子女多，有病也不过给做一碗片汤。大姐只好出面，给她从小带大的二弟一点儿特殊的补偿。大姐穿上出门的衣裳，跟妈说："我出去一趟！"坐汽车直达临江火车站。买了一盒包装精美的打糕和一大盒永森糖。回来先向诸弟妹解释："二哥的病快好了，肚子里长了一条馋虫。不吃好的，馋虫闹得慌。大姐给二哥买点儿好吃的，谁都不要争，让二哥吃了，病就好了，带你们玩。听明白没有？"

"放心吧，没有人跟他争，赶快给他吃，我们都不要。走，咱们去外面玩。"妹妹先表态，并且说完就出去了。

"二哥，你自己吃吧，我不要。我等你病好了，给我做爬犁，从望江楼往下放！"三弟说完也走了。

"大姐，我不要，看看行不行？"四弟不想离开。大姐对他也很偏爱，可是林基森肚子里的馋虫，急得两眼发蓝，别说是小四，就是玉皇大帝的小五、小六也不肯相让。他接过来这两盒精美的糖果和点心，恨不能马上打开，让喉咙里那只小手赶快抓挠进去。他打开了永森糖盒，里面是花纸包着的方块，与二姑给奶奶买的一模一样。他先给自己来一块，想给四弟来一块，但是一种奇怪的诱惑，满口留香，那块永森糖哧溜进了自己的嘴里了。

香是真香，吞进两块后，他真想把这一盒糖一口气吃光。可是他对自己说：林基森，不要这样啊，你一人独吞，别人眼巴巴看着。于是他说："大姐，快叫他们进来，还有你……"

这第三块糖唤醒了林基森的手足情谊，一股暖流涌遍全身，病似乎全好了。家多么温馨，兄弟姐妹在一起多么幸福。上学有什么意思？什么话都不许说，憋气！他不想上学了，病好了，也不上学。一种从来没有过的厌学情绪袭上心头。大姐了解他的心情，说道："不上学，你将来干什么？""我去磨坊推磨！"

临江的夏天美丽而短暂，林基森的伤寒病直到院里的桑葚红透发紫才痊愈。爹过来看他，什么都没有说。爹为什么不说，为什么不批评他

不听话？爹到底是怎样打发周大麻子的？他为什么一声不响，好像什么事情都没有发生，妈妈、姐姐也都守口如瓶。一家人平安和睦，像一只破船找到了避风的港湾。

7月的一天，他觉得身体轻松，应该上学了。即使不上学，也该练练字。他把笔墨纸砚都拿到高桌上，准备写字。大姐过来了，身后跟着一群弟弟妹妹。她坐在林基森的身旁，弟弟妹妹们也都围过来。大姐说："我听妈妈说，柜上（指恒兴东）又有人给你提亲了。"他一愣，说道："不就是那朝鲜丫头吗？"他记得清楚：爹说有人提亲，姑娘住在江那边，姓朴，高丽人。又说高丽闺女贤惠、懂礼节，长得又好。可是怎么又提亲？"那个没成。那个丫头有个亲哥哥是警察。爹亲眼见他动手打人，就在市场那边。爹说算了，咱们离他远点儿。反正还没有定。"

"这回又提亲啦？对象长什么样？好看吗？"妹妹问的正是林基森想知道的。

"好看！好看！我见过。瓜子儿脸，杏核眼，樱桃小口一点点。可秀气了！你不记得你那个同学张守义？对，是张守义的堂妹。"

"山东老家的呀！"妹妹说。

"我在张守义家从来没有见过他有一个堂妹。"

"我见过，漂亮，你放心。妈妈已经准备好定亲的礼物，等年底爹回山东带去，一对镯子、一对耳环，全是银的。妈妈说，还是俺泊子人好，正经人家，两个哥哥都在栾家口做买卖。"这天林基森通过大姐知道了自己在山东定了一门亲事，是张守义的堂妹。他没有见过，但大姐说漂亮，漂亮就好。爹妈的眼光不会错，我就不用瞎操心了。

"北风卷地白草折，胡天八月即飞雪。"这是一首古诗开头的起兴，也是对北方冬天风景的真实描写。农历八月，长白山大雪封山。临江县城，一进九月就飞起鹅毛大雪。"燕山雪花大如席"，这是李白的夸张，临江的大雪，谁敢描述？前几日，还在为"皇军"采集山葡萄，挖何首乌、龙胆草、桔梗等中草药的小学生们，被迫停止进山。学校通知复课。两个多月没有上学，学校也像是病过一样，班里十几个同学请了病假，有的没有请假无故不来，老师也有辞职缺课的。最让林基森感到失落的是王行星跟他妈妈回山东奔丧去了，他祖母去世了。死亡的消息是让人沮丧的，他再也不想唱戏了。北风裹着坚硬的寒流卷地而来，呼啸着，奔跑着，霎时间，模糊了天地。但是临江的孩子可不信邪，他们反而雀跃起来。他们打起精神，不约而同地投入到1944年的第一场雪战中。甲班和乙班对垒，赵大和王二拼杀。一个雪球爆出一片烟雾，一片烟雾飘来一阵笑声。打赢了笑，打输了脖子里塞满了雪，也笑。放学后，林基森带着弟弟妹妹在自家的院子里堆起了一个一米高的大雪人。他们用煤球做眼睛，用红辣椒做嘴。嘴里叼着一根筷子，筷子头上插上一个小土豆，就是烟斗。再给它戴上一顶破草帽，雪人就"活"了。

雪人坐在院子里，大雪还在下，无声无息，慢条斯理。不知道天空有多大一床棉被，多少双手撕扯。它撕出了漫天的棉絮，扯出了满地芦席，没完没了，直到傍晚，直到闭灯睡觉。爹告诉林基森：把大木锹拿进屋来。林基森不问何意，向来都是爹说啥是啥。入冬以后，鸡笼鸭舍都搬进了房屋里，小狗也抱进了厨房，这是山东人新长的见识。可是把大木锹也请进屋来就不懂了。那把木锹有着长长的锹杠、宽大的锹板，是秋天打场用的。林基森第二天早晨才明白，老天爷一宿没有睡觉，雪把他家的房子包围了。

三尺大雪，房门被堵得严严实实，真正的大雪封门。林肇余第一个起来，林基森紧跟其后。穿好衣裳，林肇余站在炕上把窗户打开了，一股寒气顿时涌进屋内。房子是下窖式的，进屋需下三四个台阶，这是临江民居的特色，保暖。窗户分上下两扇，上扇是活的，不仅方便采光，更主要的是可以打开通风；下扇是固定的，只是起到采光的作用。林肇余轻轻地跨过窗子说："还好，风不大。去把大木锹拿过来！""爹，我

来吧!"林基森拿来了大木锹,林肇余站在窗台上,把窗前厚厚的积雪,一锹清出一块儿落脚的地方,然后跳下去了。林基森这时看明白了,多亏他把木锹拿回来了。"爹,你真有远见!""没有这点儿远见,还敢闯关东?"爹在前,儿子在后,爷儿俩从窗根到房门,开辟了一条半米宽的小道,小道就像一条深深的战壕。他敲了一下房门,门从里面打开,小狗第一个冲了出来。

"爹,你进屋。开路先锋完成任务了,下面的活,我来!"接着,林基森接过爹的大木锹,大姐接过林基森的小木锹。姐弟俩从房门推到大门,又从房门推到猪圈,再推到猪圈后面的厕所,又挖出两条"战壕"。林基森回头问三弟林基植:"好玩吗?"林基植摇头说:"不好玩。这么大的雪,爬犁也使不上劲。"

林基植等着雪停后二哥带他玩爬犁。二哥今年做的爬犁与去年的不同。去年的只能在江上、平地上滑。今年,二哥承诺做一个高级一点儿的,从望江楼的山顶飞下来,可以一直滑到咱家门口,那才过瘾哪!想象着从高山之巅飞下来是什么滋味,一直滑到家门口,滑到妈妈的跟前,那又是何等的有趣?林基植想得心急火燎。

放假前,林基植就按二哥的"指示"备料,木棱儿厚一点儿,木板大一些,够两人乘坐;铁钉铁条支棍……这些在泊子村很难见到的东西,在这里俯拾皆是。这里做饭、采暖靠烧柴,最少也有大腿粗,随便拿来一根,就比泊子的一车茅草还顶用。

在这一年寒假,林基森精心制作的二人爬犁,是他的得意之作。宽窄和前一个差不多,长度多出十五厘米,林基植坐在二哥的身后,恰好够用,关键是结实牢靠。望江楼所在的那座没有名的小山,毕竟也是长白山的支脉。苍松翠柏,都是长白山上的品种,奇岩怪石都是长白山的子孙。虽说没有高耸入云,但打听过了,它的高度少说也有五百米。从大栗子沟到望江楼火车站仅一站地,十五里,车行半小时。而从大栗子沟，取斜坡登山，则需一个多小时。他和三弟，每个人怀里揣着一个冒着热气的大饼子，小棉袄的外面套上又厚又长的大棉袄，大棉袄外面，再系上一条布带子。脚上穿的是棉乌拉，即胶皮棉鞋，轻便、温暖。这身打扮已经很重，还要拉着十多斤重的雪爬犁。一小时急行军，到达山顶，狗喘兔子乏，狗皮帽子里的光头上满是汗水。他提醒弟弟，山顶风硬，不能摘帽子。趁怀里的大饼子余温尚存，他们狼吞虎咽，几口就塞进肚里了。然后，准备好开滑。

林基森的爬犁很特殊。它不光是靠两手拄着钢钎向前滑行，还可以控制速度，调整左右方向，另外它还有一套设备在车头上。那是一个"丁"字形的车头，横竖之间，有个小小的机关，双脚踩在"丁"字的横梁上，能控制速度、掌握方向。这样，他就可以伸开双腿坐在爬犁的前半部，三弟也不必盘腿，他把叉开的双腿贴在二哥的身边。"搂住我腰！"林基森命令着，"棉袄太厚，搂不过来？抓住我的腰带！抓不住甩出去，掉到山涧里，就去喂老虎了。""抓住了，你开吧！""开，开船了！"爬犁像一叶小舟，顺着山中的雪路缓缓离岸。它轻轻地拐弯，慢慢地转角，发出呼啦啦的声音。忽然一块露出雪面的岩石把爬犁顶起，爬犁颠起老高，嘭，大鹏展翅一般飞起来了。"噢！"林基植大叫，"噢！我们飞了！"林基森的爬犁一瞬间变成了霍普金斯笔下的飞鹰，"漠视迎面吹来的大风"在这阳光灿烂的高空盘旋、起伏。它飞到万丈烟波的云海之上，忘情地、自由自在地旋转着它那轻盈、健美的身躯，姿态平稳而又优美。

爬犁落地继续滑行，林基植还觉得不过瘾："二哥，再飞一次！""你不怕？我怕。我怕把你甩出去！""不会的，我搂你腰带，搂得可紧了。"眼看就到山根底下了，再往前滑是平地，就到家啦！一个小时爬上去，不到十分钟就飞下来了，速度和危险的刺激，让林基森体验到从来没有过的精神享受。林基植觉得不过瘾："二哥，再来一回！好二哥，求你了。"林基植嘴儿甜，林基森只好拉起爬犁从斜坡返回山上。第二次飞起的时候，哥儿俩一起喊："我们飞啦！飞上天啦！"滑到山下，林基植说："二哥，这回我在前面，你在后面，你搂我腰。"林基森搂着三弟一直滑到自家大门口。哥儿俩的脸冻得红扑扑的，站在妈妈面前像一对凯旋的战士。林基植摘下毛烘烘的狗皮帽子，把自己冰凉的小脸往妈妈的脸上贴。林基森也摘下帽子，解开蓝色的布腰带，甩掉外面的大棉袄，只觉一身轻松，每根汗毛都像春天的小草，舒展着稚嫩的腰身，而那些曾经笼罩在自己头上的迷雾，仿佛一下子消失了。那个孤零零跪在操场土台子上的身影也从他的记忆中淡出了。他精神抖擞，在原地蹦起一个高，心里蹦出一句莫名其妙的歌词："春天到来，处处花开，我们没有悲哀，没有悲哀，只有爱……"

第十一章 狂 欢

当一个人能够完全控制自己的意志力，他的行动就再也不
会受制于别人，或者受制于自己的本能。

——佚名

1945年7月，日本人整天喊着必胜的"大东亚圣战"，已经露出了
必败的端倪。最明显的是防空上，要防备美国B-29轰炸机的空袭。人
们在地上挖一个大坑，把大瓦缸埋在那里，露出缸沿，耳朵贴在缸沿
上，可以听到远处飞机的声音。据听到风声的人说，美国飞机几乎天天
都来。但谁心里都明白，这是一层没有捅破的窗户纸：小日本的日子是
兔子尾巴——长不了啦。如果你仔细看，往日那些骄横霸道的警察、宪
兵，一个个都自动收敛了锋芒。日本窑子的妓女，不再抛头露面和打扮
得花枝招展，也不再歌舞升平。这一点瞒不过不敢说出真相的成年人，
孩子们是不知道的。中小学生还是时常停课，为"皇军"的"圣战"采
山葡萄。因为可以自愿结合，不必集体活动，学生们基本处于放假状
态。放假，是学生们的乐事，他们可以连说带笑，连打带闹，漫山遍野
地跑，隔几天到学校交上一口袋山葡萄。林基森的长兄林基枢，大堂兄
林基梅都在读高一，中学生的劳动更重，名曰"勤劳奉仕"。他们在校
住宿，不常回家。林基森会同二堂兄林基校和两个邻居同学一起，每天

揣一个大饼子上山。他们去卧虎山。临江四处是山，几个人找到一架野葡萄，先过嘴瘾，把嘴唇嚼紫，把牙嚼酸。山上还有一种植物，俗名"大脖颈子"，一根棍似的拔地而起，像没有节的甘蔗。"大脖颈子"直径两厘米，只有一茎一叶，贴根砍下，削皮后咬一口，虽然没有甘蔗甜，但吃起来脆生生的，清热、解渴。把它唯一的大叶子盖在脑袋上，防晒防暑。不花钱的水果，取之不尽，用之不竭，这是大山给予孩子们无私的馈赠。狂吃一顿之后，他们塞满口袋，吃完大饼子回家。学校没有功课，戏园子没有新角打炮，林基森闲来无事就练字、看小说。小姑的书，他看，他自己也到书摊租书看。

8月13日这一天，保长通知，上面有重要人物到临江视察，路过大栗子沟，"诏告"百姓不得外出。后院有一位同学翻墙过来，告诉林基森，"皇上"来了，不让上街，咱们从大门缝看。林基森家临街，门前就是大道，是"皇上"銮驾必经之路。谁来了？一个行人也没有，只见保长和七八个警察在街上走着。警察腰间挎着二尺长的军刀，刀鞘寒光闪闪。半天才看到两辆红色小轿车从车站方向向六道沟方向驶去。土路无沙，车后扬起一股烟尘。林基森见到了车头上的樱花图案，车窗黑暗，只看见里面的人影，看不清脸。

应该说，林基森见到的这一幕可以旁证历史。这段历史笔者从有关资料里查到了：1945年8月9日早晨，在伪满洲国的"皇宫"里，关东军末任司令官山田乙三向溥仪报告"苏联已向日本宣战了"！在溥仪印象里，老头子山田乙三平时举止沉稳，说话缓慢，而那天的情形全变了，他语气急促，越说越快的话音证明了他自己也没有多大的底气。溥仪听后立刻紧张起来，但他故作镇静，他不能不想到自己的安危。他预感，日本人战败前很可能先把他干掉。所以，"从这天夜里起，我再没有脱衣服睡觉。我的口袋里总放着一支手枪。"一看到日本兵端着枪向他住的宫殿走来，他就灵魂出窍，以为是下毒手的来了。

8月10日，溥仪被告知要把"国都"迁到通化去。负责监管溥仪并形影不离的"帝室御用挂"——日本关东军司令部中将吉冈说了这么一句话："陛下如果不走，必定首先遭受苏联军的杀害！"这句话让溥仪受到了一种新的精神威胁。他猜测日本人怕他这个人证落在敌军手里，可能会杀他灭口……1945年8月11日晚上，溥仪带着他的家眷仓皇逃走，于8月13日清晨到达大栗子沟。第二天，大栗子沟的百姓都知道"皇上"来了。"皇上"来这兔子不拉屎的地方干什么？有脑子的人不难猜到，小日本快完蛋了，"皇上"到这儿避难来了。可谁也没有想到，"皇上"在大栗子沟只待了两天，8月15日，日本就宣布无条件投降了。

据溥仪的弟弟溥杰回忆说：1945年8月15日中午12时，溥仪通知溥杰到他房里听广播："收音机里正在播放日本天皇的讲话，宣布日本接受《波茨坦公告》无条件投降……溥仪严肃而悲哀，后来他哭了。我想安慰他，可实在说不出话来。我俩手拉手，相对流泪。完了，'满洲国'彻底完了，日本都投降了，哪还有我们的生路？"

8月16日早晨，林基森坐早班车上学，车站检票口无人检票，站台上无人喊站。到达学校，没有见到几个学生，校长室、训导处、教员室总共只有两三个人，唯独传达室的老校工照常坐在窗口。林基森在空旷的校园里走了一圈，回来问校工："大爷，还打铃上课吗？""上什么课，小日本垮台了，东北光复了！"林基森仿佛得到了正式通知，转身跑向大街，向不多的行人、向没有车辆的街道、向苍茫的天空，大声喊道："小日本垮台了！东北光复了！"他高举拳头大声喊："我是中国人！"激动的声音在不多的行人那里似乎没有反应，但却深深地感动了自己，他的眼眶里流出了泪水。他兴奋地一路喊着，跑向恒兴东，所有的商店一律关门。他跑到后院，伙计们都在院子里议论纷纷。

胜利的时刻，竟把时间退回一小时，把东京时间改为北京时间了。经过短时间的沉寂，全城沸腾。大街小巷，人潮滚滚，连多少年不出门

的小脚老太太也走上了大街。几年不见的高跷队、秧歌队也都纷纷登场，扭上了大街小巷。有的人还打出"青天白日旗"来，大喊："中华民国万岁！"不知道接到谁的通知，据说是什么社会治安维持会的，晚上提灯游行。恒兴东打开仓库，拿出制作灯笼的纱布、彩纸、玻璃、木棱，伙计们当中有几个能工巧匠，做出各式各样的灯笼，准备晚上以灯相会。那天晚上林基森没有回家，跟着恒兴东的伙计们一起提灯游行。临江县城人潮涌动，缓缓地在广场、大街攒动。十几条汉子举着棒子耍龙灯，两个小伙舞狮子灯，三缕胡须的老汉推着男扮女装、满头珠光宝气的新娘，喜车四角挂着四盏双喜字的小灯笼，车顶高悬一盏大红宫灯。人们用高竿挑起老虎灯、兔子灯；用短棒举起虾灯、蟹灯；用木棍提起萝卜灯、白菜灯……灯海辉煌。林基森第一次见到如此喜庆热烈的场面，第一次见到如此癫狂的庆祝，第一次感悟到中国人通天的智慧。啊，中国人就是了不起！他想起1942年，日本人发起庆祝日本建国2600年的情景。日本人不行，那几个圆筒的纸灯笼，挑在杆子上，零零落落，根本不成气候。中国人了不起！他感到做中国人的光荣，亡国奴时代结束啦！中国人扬眉吐气啦！那一天他跟大家走到下半夜，回到恒兴东后院，李师傅又给大家做一顿夜宵。恒兴东杀猪祭祖，大家的夜宵是高粱米干饭、猪肉炖粉条子。第二天、第三天，伙计们聚在一起，把平日里口挪肚攒的钱全都掏出来，设局赌玩。林基森看了一会儿，觉得好玩。什么"两扇""四扇""一拉一瞪眼"，他弄明白了。有个小伙计主动借钱给林基森，林基森摘下帽子、手套，参加了"战斗"。

抗日战争结束后，将近四个月的时间，临江处于无政府状态。这中间，伪满洲国时期的官员、军警请出社会名流组成了"临江市社会治安维持会"。警察穿着黑色警服，戴着黑色的大盖帽子，帽箍上镶了一圈白边，老百姓因此管他们叫"白狗子"。学校没有开学，孩子们在家待不住，满街流窜，或去赌博，或玩猫斗狗，或结伙打架。这时期，通化地区已被国民党军占领。临江原高中的校长，把全校学生的名单报给了通化的三青团部，集体参加了三青团，并自称"撒灰"政策，散布所谓的正统观念。就在这样混乱的日子里，临江兴隆小学的王校长，应个别家长的请求，召集了六名学生尖子，在自己家中设坛授课，补习古文。林基森应召每天到校长家补课。校长家住在距离学校不远的兴隆街一个大杂院里。"教室"就设在自家东厢房的一间南屋。炕上一张方桌，六名学生围坐在桌旁，王校长坐在屋子中间的板椅上授课。他首先向弟子们讲述自己童年接受私塾教育的情景，也是这样的大炕，也是这样的方桌。当时的他只有六岁，启蒙课本是《三字经》《百家姓》《千字文》、四书、五经。背不会，先生用烟袋锅子磕脑袋，一磕一个大包。背熟的课文终身受益。现在这几个学生手里没有课本，王校长拿出一本线装的《古文释义》，让大家抄写。先抄下八篇范文，有《为学》《陋室铭》《爱莲说》《岳阳楼记》《醉翁亭记》《桃花源记》等。林基森懂得珍惜，懂得自重、自爱，懂得感恩，连抄带背，火车上抄写，被窝里背诵。据林声后来回忆，他在伪满洲国的小学校里，没有读过一篇古文，但是跟着王校长短短的两个月，所学到的几篇古文却铭记脑海，烙印在心里。

紧接着的12月份，苏联红军的坦克部队开进了临江，继而是东北民主联军的炮火在卧虎山上遍地开花，不堪一击的"白狗子"不战自退，一直跑到七道沟的大山里。水深火热中的临江，终于解放了。

与此同时，东北民主联军大批进驻临江，天寒地冻，他们住在哪里？于是家家户户都住进了联军的官兵。

这天，林基森回家，发现家里也住进了两位军人，都戴着东北民主联军的袖章。他们就住在林基森和弟弟们住的北炕上，弟弟们巴不得和父母一起住。林基森进来的时候，两人正在下棋，你调炮，我跳马，亲密和气，根本看不出上下级的关系。见林基森回来，两人推开了棋盘，其中年长的一位向林基森打招呼。林基森赶紧凑过去，跟他们搭话。他

们也是山东过来的。方才说话的是团长，另一位与林基森年龄相仿，是团长的通信员。林基森抬头看见墙上挂着的枪支，一大一小，大的是三八大盖，他认识；小的是只有巴掌大的小撸子。林基森与大哥林基枢跟团长他们同睡一铺炕上，很快就混熟了。小通信员特别爱跟林基森说话。他还告诉林基森，过两天等新的通信员来，他将下连队当班长去。团长对林基森也很感兴趣。他看见墙上林基森写的大字，很有模样，问他念过几年书，跟谁学的大字。林基森如实回答。团长又问："你会写美术字吗？"林基森摇头，说没有见过。"怎么没见过，大街墙上的标语就是。"接着他拍拍林基森的肩膀，"你若拜我为师，我教你，保你两天毕业。"团长和善的语气很像聂老师。他虽是河北人，说话却有北平口音。果然，林基森只用两个晚上就学会了美术字。团长告诉他，这种字体写标语、画板报，比楷书好看。一周以后，团长告诉他，部队换防，他要离开临江，问林基森愿不愿意跟他走。林基森愣住了。怎么说呢？他喜欢团长，喜欢通信员，更喜欢做团长的通信员。团长说，你到我们团，可以当文书。可是最近一段时间的补课，林基森更喜欢《古文释义》。他知道自己还小，应该多念几年书。爹拼命挣钱，就是想供他和哥哥念中学，无论如何他也要实现爹的理想啊！

忽然有一天，林基森看见荒芜的校园里住进了一拨军人。他走过去细看，战士胳膊上也戴着"东北民主联军"的袖章。土黄色的粗布军装长达二尺半，腰间系着一寸多宽的皮腰带。最有趣的是，他们脚上穿的粗布鞋，分明是农民家庭手工缝制的。这身打扮让林基森立刻想起经常出现在蓬莱农村的八路军游击队。现在他们正在休息，有的洗衣服，有的扫院子，有的在操场的单杠上骑着。林基森凑过去，问一位在井边打水的战士："你们是八路军吧？"战士露出惊喜的笑容："是呀！你是怎么知道的？我们现在是东北民主联军。"林基森仿佛见到了久别的亲人："我在山东见过。""哦！我们就是从山东过来的。""我还会唱你们的歌呢！'铁流两万五千里，直向着一个坚定的方向！'""对呀，对呀！这是我们的军歌，你唱得真好！"战士满口乡音，林基森感到回到了泊子。他想向他打听聂老师的消息，看见他忙着挑水的样子，便恋恋不舍地告辞了。回到家里，他向爹妈报告消息，他们并不像他那样热心和激动。晚上躺在炕上，林基森忽然有一种急不可耐的冲动，学校再不开学，我就参军，去找雷团长，当文书。文书是干什么的，这并不重要，重要的是那里需要我。狂欢之后，人们似乎都冷静了，严峻的生活等待人们做出非此即彼的选择。何去何从？是等待开学，还是马上当兵？这样大的事情似乎不是一个小小少年可以自己决定的，但林基森却不想让别人的意见左右自己的声音，他已经感觉到，那里的空气，适合他的呼吸。他要自己主宰自己的命运。

第十二章 引 路 人

机遇从来不光顾没有准备的头脑，弱者坐待良机，强者制造时机。

——居里夫人

1946年1月，临江中学发出招生通知，小学五六年级的两届学生均可报考。这是盼望已久的大事，林基森赶紧报名。他完全相信自己，一定会金榜题名。可是他万万没有想到，他的考试成绩会因为一篇作文而震惊全校。学校通知他，开学典礼的大会上，由他代表学生讲话。讲什么呀？要不要写一篇发言稿啊？来人告诉他，不用特别准备，就讲你那篇文章的内容即可。他的作文是《我是中国人》，被誉为一篇爱国主义的优秀作文。一下子把他抬得那么高，他有点儿发蒙。作文？我写的作文？真的吗？

发榜了，按成绩排列次序，林基森名列前几名，被编入初中一年甲班，林基校被编入乙班。初二、初三及高中一年级也招来一个班的学生。临江1946年解放后的第一批三百名中学生隆重开学了。

这所临江唯一的中学，曾经是具有抗日革命传统的文化基地。开学那天，校长介绍了临江中学光荣的校史：临江中学始建于1922年。1927年校长陈宠键曾率领全校师生发动了震惊中外的"拒日设领运动"，也就是拒绝日本在临江设立领事馆的运动。他们罢课示威，向民国政府请愿，坚决抵制日本人在临江设立领事馆的侵略行为；他们上街游行，捣毁日本人买下的作为领事馆的土地房屋。日本关东军在鸭绿江对岸架起机枪重炮，准备强行设立领事馆，临江中学的师生奋不顾身，他们的口号是"舍十万颗头颅，洒一腔热血"，宁死拒绝日本的强盗行为。这次运动得到全国学生、民众的响应，也得到了世界各国道义上的支持。最后，日本人偃旗息鼓，临江中学师生大获全胜。这是抗日斗争中取得的一次重大胜利。而让林基森感到更加骄傲自豪的是，1946年临江中学的领导成员（校长李志远，副校长张剑锋、杨丽）都是延安来的红军，都是知识分子，他们都很年轻。只有一位是伪满洲国时期高中的校长，留用后任副校长。政工干事张静宜系当时临江县县长的夫人，政工干事小管是参加过抗日战争的政工干部。小管坚持自学，一边走路一边嘟嘟囔囔。问他叨咕什么，他说背诵英语单词。四十年后，林声听说，当年的这位青年才俊已经在国内一所高校担任党委书记。临江中学的教师队伍，也是一流的。且不说政治课得天独厚，由校长、副校长兼任教师，当时云集于临江的师团级的干部常被请到学校做报告。教学水平之高，非一般学校可比。单说历史老师乔元昌，讲中国现代史，如同痛说家史，字字血，声声泪。讲甲午海战，讲英法联军火烧圆明园，他抑制不住心中的悲愤，课堂上痛哭失声，同学无不潸然泪下。办学理念、授课方式都是采用延安抗大的模式。临江中学因此被誉为"革命干部的摇篮"。

中华人民共和国成立后，这所学校不负众望，给全国各地输送了大批的干部和精英，如国家乒乓球队原总教练许绍发，辽宁省原副省长林声，著名词曲作家吕远、高枫，南极中山站站长万国才，著名作家段雨生，北京科影编导、科技音像出版社社长蔺传新，沈阳中医研究所所长、急腹症治疗专家贺瑞林……可谓人才辈出。

开学典礼在可以容纳一千人的学校大礼堂召开，由副校长杨丽报告当前的政治形势。杨丽是四十岁左右的女红军，四川人，管鞋子叫"孩子"。然后是副校长罗恒讲解学校的办学方针、理念，最后是学生代表发言。林基森从会议开始就忐忑紧张，前面谁讲了什么，他都没有听见，一心琢磨自己的发言，他准备了一篇发言稿，行吗？他一阵一阵发蒙，上台的时候两条腿发软。他强迫自己镇静，自己给自己壮胆：有什么可怕的呢？等到大家用热烈的掌声把他推到台上的时候，他反而从容了。他脱帽向大家行礼，等到掌声停息时，三百人的会场一丝杂音都没有了。他才掏出一张发言稿，躲开三百张注视他的脸。他把目光集中到自己的发言稿上："今天，我光荣地参加了临江县唯一的一所高级中学……"错了，一着急把初级中学的初字念成高，林基森的脸腾地红了，可是全场静悄悄的，没有一个人发笑。接着，他讲自己的故事就不紧张了。他不用看稿，轻轻地开始说："我九岁的时候，在山东泊子村上小学，我们那地方是游击区，白天二鬼子来，晚上八路军来。我的八路老师姓聂……"讲起自己童年的故事，他心中沉稳了。讲别的他不会，讲自己的故事，顺顺溜溜。下面鸦雀无声。忽然他找到了小学时在同学们面前唱戏的感觉，越讲胆越大，越讲声音越高亢，越讲越动情。"那天是个阴天，我跪在操场的土台子上，看见自己的影子越来越淡、越来越模糊，最后，就瘫倒在台子上了。"讲到这里，林基森的声音发颤、喉咙发紧，差点儿哭出声来，但他再也不害怕了。他平静地讲完自己的故事，竟赢来了一阵经久不息的掌声。他恭恭敬敬地行礼，从从容容地走下讲台，眼睛里闪烁着晶莹的泪花。这是他人生中的第一次演讲，第一句话就念错了字，却得到全校师生真诚的鼓励。

林基森第一个学期就被推选为学习委员。但是，他生性爱动，喜欢淘气打闹。一个报告讲一上午，他便想办法活动自己，逗大家笑。他从挎兜里掏出在去上学的路上（他家已经搬到临江，不必坐火车上学了）

刚刚捕到的麻雀。礼堂大厅高大、宽敞、明亮，时而有麻雀飞进飞出，不算稀奇。但是上课前，打扫礼堂时并没有麻雀。林基森口袋里的麻雀一飞出来，便慌慌张张地寻找出口，东撞窗户西撞门。大多数同学还能集中精神听讲，少数同学悄悄地兴奋起来。他们不能闭上耳朵不听课，却可以思想溜号，仰头观赏小麻雀的狼狈相。没有人知道，放麻雀的人就是开学那天在这个讲台上代表学生讲话的小明星。数学课，他也不老实，他在一张白纸上画了一只小兔子，就是一笔画下来的线状速写，趁前座的人不注意，贴在他的后背上。前座的同学是数学课代表，经常举手发言。林基森把小兔子贴上去就是希望老师叫他到黑板上演算习题。老师果然叫他了，他颠颠地走到最前面时，背后那张纸便忽闪忽闪地掀动，逗得全班同学哧哧怪笑。数学老师有修养，默默地伸手把那张速写摘下来揣在兜里。这一回同学们都知道了，学习委员林基森竟是一个淘气大王。不过，语文课上他从来不闹。老师叫他念课文，或讲评他的作文，他都必须精神集中。他是语文课的中心，他没有工夫淘气。班级里有卫生委员，天天排值日，林基森总是比值日生来得还早，他是个闲不住的人，不等值日生到校，就把室内打扫完了。他等于天天值日。教室后面的大黑板，原是老师写的欢迎新同学的标语。老师找他："林基森，我看你的字漂亮，文章又写得好，你用后边的黑板办一期板报怎么样？"老师并没有交代任务的重要性，也没有指定发刊的日期，老师用的是试探的语气。没有想到，星期六老师说的话，星期一就变成了现实，一期图文并茂的黑板报在同学们到校之前就亮相了。

有一天，学校来了一位干部，是地委宣传部副部长，姓蔡。林基森当然不认得。蔡副部长带着两个工作人员到全校各班视察，发现一年甲班的黑板报办得与众不同，不但字写得漂亮，插图也很美观，尤其是美术字，写得纯熟老练。他走完了一圈，又一个人返回一年甲班。在外面走廊的壁报前，他问一个同学："哪个同学是林基森？"那个同学用手指着教室的门："那不是吗？就在门上呢。"蔡副部长一看，教室的门框上果然悬着一个学生，个子细高，把门框当作单杠，正在一前一后地做着钟摆运动。蔡副部长刚好走到门口，从门里便伸出一双脚，恰好蹭到他的衣襟上。大家惊叫一声，林基森双脚也落了地。林基森见是一位陌生人，急忙用自己的袖子去擦那人的衣襟。蔡副部长说："没事，没事。"接着问他："你就是林基森吗？""是。"林基森的脸唰地红到脖子，"您再往前走一步，我就把您踹倒了，吓死我了。"他的心通通直跳。

"这份墙报，还有里面的黑板报，都是你办的吗？"蔡副部长问。他脸上的表情，让人捉摸不透。一是语气亲切，不像生气的样子；二是面孔严肃，露出不苟言笑的庄严。林基森赶紧回答："是。""放学后，到我的办公室来！就是校长室旁边那个屋子。""是。"

蔡副部长刚一转身出去，林基森立刻做一个鬼脸，舌头吐出老长："俺的娘啊！吓死俺林老二了！"一口山东腔，同学们笑得前仰后合。

蔡副部长叫蔡天心，是辽宁沈阳人，1937年毕业于四川大学中文系，曾任延安中央研究院文艺理论研究员。当时（1946年）他是中共辽西地委宣传部副部长，也是作家，著有长篇小说《大地的青春》《浑河的风暴》等。

蔡副部长当时在小本上记下林基森的名字，之后经常找他，交给他全校的有关宣传方面的工作，指导他办全校的黑板报，也写大型标语，办宣传栏、壁报等。蔡副部长亲自抓宣传，林基森则是蔡副部长的得力助手。蔡副部长要求严格，你贪玩、淘气都可以，但工作不能有一丝马虎；所有文字，一笔一画绝不许有错。林基森怕他，也敬他，把他当作革命的引路人。听说蔡副部长是作家，他更是钦佩，决心做他那样的人。那一次，蔡副部长表扬他的稿子写得好，说思想内容积极向上，文字简明通畅，善于用比喻的修辞方法，又给他挑出一个错字。林基森一激动，大胆地问他："我能当作家吗？""能，我十九岁就当作家了，你也能。"蔡副部长说话认真，让林基森深信不疑，于是他决定长大就当作家。

1946年冬天，一股寒流骤然袭来，气温急剧下降。小雪时节，朔风漫天卷地；大雪时节，冰封雪覆，封江，封地，封山。临江中学在寒流滚滚的日子里，迎接第一个学期的期末总结工作。他们在复习考试方面不再重复过去办学的经验，而是加大了对当前国内战争形势的宣传。战争的形势是严峻的，临江地区必须同仇敌忾，迎接国民党军队毁灭性的进犯。

12月9日，星期一，农历十一月十六，是"大雪"第二天。学校为纪念一二·九抗日救亡运动十一周年，特请从延安调来东北的江帆同志做报告。那时，林基森还不知道，江帆乃是蔡天心的夫人，也是作家，两人是革命伴侣、文学伉俪。

江帆是江苏南京人，1938年肄业于南京中央大学历史系。曾任《党校生活》主编，中央研究院文艺研究室研究员。此时（1946年），她是辽宁省委宣传部宣传科副科长。著有短篇小说集《女厂长》，散文集《水泉村纪事》等。

全县一千余名中小学生参加了报告会，会场设在临江大戏院（不是林基森跟王行星啃槽帮的小戏园子）。那天，江帆穿着一件略显肥大的黄色军大衣，戴着一顶男式狗皮帽子，脚蹬一双棉大头鞋，小脸冻得红扑扑的。她在热烈的掌声中脱下大衣皮帽，亮出一身合体的棉军装，向全体与会者敬一个半圆形的军礼。其潇洒的姿态、优雅的气质、亲切的笑容，深深打动了林基森那一颗少年的心。林基森思想专注，仔细聆听，接收着她吐出的每一个字符，咀嚼她每一句话所承载的意义，并在小本了上做详细记录。江帆的讲演是在叙述事件的过程中，夹着个人的感受和议论，对不了解这段历史的学生们更具感染力。她描述一二·九运动爆发时的情景说：12月9日凌晨，天刚刚露出鱼肚白，东北大学的

学生和中国大学、北平师范大学等校的大学生，举着大旗和标语向新华门进发。上午十点半，终于到达了新华门。这时候，新华门前汇聚了十多所学校一千多人的请愿队伍。新华门紧闭，门前戒备森严，排列着警车和架着机关枪的摩托车，军警宪兵手持刀枪杀气腾腾。形势非常严峻，冲突一触即发。学生们虽然手无寸铁，但是无所畏惧，高呼抗日救国口号，并派董毓华、宋黎等代表出面交涉，要求面见何应钦，提出反对华北成立防共自治委员会、停止内战、立即释放被捕学生等六项要求。十一点左右，何应钦的秘书侯成出来与学生会面。侯成非常狡猾，对学生提出的要求一味敷衍，为国民党对日妥协、对内反共的政策百般狡辩。同学们听后极为愤慨，振臂高呼"打倒卖国贼""请愿不成，我们示威游行"，于是宋黎被推举为游行队伍的总指挥，浩浩荡荡的请愿大军从新华门出发，沉默的北平怒吼了。一路上北平市民纷纷加入学生的队伍。游行队伍走到西单牌楼平津卫戍司令部附近时，突然遭到军警的阻拦和袭击。但同学们不畏强暴，继续前进。北京大学的许德珩、中国大学的吴承仕等教授和当时在燕京大学任教的斯诺夫妇也参加了游行示威。国内外许多报社的记者随行采访。队伍经过西四、护国寺、地安门、沙滩抵达王府井大街时，已扩大到四五千人。敌人惊慌了，他们在王府井大街南口布满了军队和警察，警察挥舞皮鞭、木棍，凶狠地抽打手无寸铁的爱国学生。学生们赤手空拳与军警展开了搏斗，当场就有数十人被捕，好多同学还受了伤……当江帆讲到这里，林基森激动地从座位上站起来，举起拳头高喊："打倒汉奸卖国贼！"一石激起千层浪，会场立刻沸腾了，口号声此起彼伏。江帆也从椅子上站起来高呼："打倒蒋介石！解放全中国！"然后她坐下来总结她的讲演："一二·九的抗日吼声，震撼了北平，也震动了全国。一二·九运动公开揭露了日本帝国主义侵略中国，并企图侵吞华北的阴谋，打击了国民党政府的妥协投降政策，大大地促进了中国人民的觉醒。伟大的一二·九运动，标志着中国人民抗日民主运动新高潮的到来，让我们大家继承发扬一二·九学生运动的革命传统，高举马克思主义的革命大旗，将革命进行到底！"最后，江帆又一次站起来说："我向同学们学习，致敬！"一个漂亮的军礼，又一次赢得了全场雷鸣一般的掌声。她转身，穿上她的军大衣走下讲台。从那一刻起，林基森认定，江帆是他的另一位革命引路人。

接着，是各校的学生代表讲话。第一个就是临江中学的代表，一年甲班的班长孙正才。孙正才是林基森的好朋友，林基森给他热烈鼓掌。他讲话的内容是发扬一二·九运动的爱国主义精神，继承革命的优良传统，坚决保卫临江革命根据地，支援东北民主联军保卫临江的战役。

第十三章　四保临江

> 人生一世，总有些片段当时看着无关紧要，而事实上却牵动了大局。
>
> ——萨克雷

1946年12月，国民党军东北保安司令长官杜聿明调集了新编第一军、第六军，第五十二军、第六十军、第七十一军各一部分，向临江地区发起进攻，来势相当凶猛。12月17日，国民党军沿辉南、柳河、通化、桓仁、宽甸一线向临江地区进攻。1947年1月30日，国民党军兵分三路，再次向临江地区发动进攻。2月13日，国民党军第三次向临江地区发动进攻。3月27日，国民党军调集约二十个团的兵力，向临江地区发动第四次进攻。

东北民主联军在陈云、萧劲光、萧华的领导下，坚决贯彻执行党中央、东北局制定的"坚持南满、巩固北满"的战略方针，依托临江、长白、抚松、靖宇四县的狭小根据地，在极其艰苦的条件下，经过一百零八天的浴血奋战，先后四次打退了国民党十万军队的大规模进犯，取得了"四保临江"战役的伟大胜利。

在四保临江的战役里，十五岁的小小少年林基森长大了。战火在他身边燃烧，他目睹了战争的惨烈。这期间，辽宁省委、省军区、省直机关相继从安东、通化等地撤退到临江。学生放寒假,临江中学临时改为战备医院。学校礼堂设医务室、护士站、手术室。各班教室的学生桌椅一律摞在教室后面就地铺起谷草、铺上被褥,接收伤员。二、三月份,战事吃紧,领导决定将战备医院转移到六道沟。临江人组织起来,抬担架,抢救伤员;拉爬犁,运送伤兵。十五岁的林基森虽然个头长高了,身体顾长,但还是一个吊在门框子上打秋千的孩子,却报名参加了运送伤兵的活动。妈妈说:"六十里山路,你行吗?"林基森觉得自己会唱《二小放牛郎》歌曲,会讲《鸡毛信》的故事,比起他们,我比谁小?他对母亲说:"咱家两个大小子,不能去打仗,运送伤员也不出一个?"母亲说:"也是,按说你大哥十七岁了,他应该去。你看他那个样!病歪歪的,肺浸润,他行吗?送不了别人,先把自己送了。"林基森从小什么事都不跟哥哥攀比,这样的事更不能跟他较劲。他找到了好朋友孙正才商量。孙正才是班长,比林基森大三岁,有主意,有力气,还有智慧。他俩一同报名,战备医院的同志看他们年龄小,交给他们的都是轻伤号。轻伤号,伤势也不轻,多数是冻疮:有的冻掉了鼻子,有的冻掉了耳朵,有的手脚长冻疮溃烂。林基森负责的伤员约二十多岁,左大腿根部被弹片击中,挂单拐可以自己小便,吃饭喝水不受影响。林基森见到他,跟他打招呼。他伸出右臂,握住林基森的手说:"麻烦你呀,小兄弟!"林基森听了,立刻俯下身子说:"你是我哥,龙哥!"林基森从登记表上看到了他的名字叫龙兴宇。龙兴宇也兴奋地说:"你叫林基森,我叫你小林吧。""哎!"两人立刻成了好朋友。

林基森和孙正才各自领到一个爬犁。这个爬犁,不是林基森带着三弟林基植飞下望江楼的小爬犁,而是两米多长的大爬犁,是临江地区冬季常用的运输工具。其实做起来也很简单:用两根一丈多长的木杆,端用火烧烤,使其高高翘起,用作辕子;另一端触地平直的部分钉上横杆、加上支柱,做成车厢,可以坐人,也可以装货。有辕有底,没有轮子，靠两根光滑木杆在冰雪地上滑行。用马驾辕的叫马爬犁，用几条狗拉的叫狗爬犁。冬季的大山沟里，大雪覆盖了路面的时候，它可以不分道路，畅行无阻。临江地区林密山多，冰雪期一般都在五个月以上，临江战役期间，运送伤兵主要靠它。林基森领到的爬犁就是这种常见的爬犁，可以坐两三个人或躺卧一个人，前面两侧有两根光滑的木杆做车辕，前端拴条绳子，林基森来拉。

伤员随身携带的行李只有一套被褥、一件军大衣，林基森觉得单薄，不足以抵挡山路上的寒风。他去奶奶那里借来一张狍子皮，又跟母亲要来一张羊皮，第二天早晨出发的时候再把自己的被褥也都带上。爬犁和行李准备妥当，他又去同母亲商量："妈妈，那年我跟爹闯关东，你给我们做的小点心，我想带点儿。""给你自己带，还是给别人带？""我不用，我有大饼子咸菜疙瘩就行。"大姐在一旁说："妈，不用你，我来做。现在我就去发面，明早鸡叫我就起来。你六点出发，我保证完成任务。"林基森过去搂一下大姐的肩膀："大姐，你说话挺进步，还会说'保证完成任务'。"大姐笑了："那样的话，谁都会说。我以后还要参加妇女会，争取更大的进步呢！"

第二天，林基森提前到校，把大姐精心制作的小发糕和附有奶奶、妈妈、自己体温的狍子皮、羊皮、棉被褥都装上了爬犁。孙正才说："中午饭不用咱们准备，战备医院统一安排。"龙兴宇配合得也好，他在护士的帮助下，已经洗漱完毕，穿好了衣服，正在吃饭。林基森像亲兄弟一样照顾他，扶他上爬犁，给他盖上了两床大被。龙兴宇笑着向护士挥手告别，护士送来一只陶瓷的尿壶："路上用，注意山风冷气，小心感冒。"

"出发！"一声令下，几十个爬犁像几十只帆船驶出了港湾。拉爬犁的民工，大多数是成年人。林基森和孙正才像是小鱼穿在大串上。林基森排在最后，紧紧跟在孙正才的后面。战备医院的负责人一路上特别关注这两个孩子。

开始的路在城区，比较平坦。但东北风毫不客气，凶猛地扑过来。林基森不怕，自从母亲来到临江，他每年冬天都过得很顺，再也不生冻疮。你看他，从头到脚全副武装，一顶狗皮帽子戴了两年，保暖如初，帽檐遮住额头、眉毛，中间还有一条毛茸茸的护鼻，嘴上是厚厚的大口罩，整个头部只留眼睛上的一道小缝。身上穿的山东小棉袄，外面套的过膝大棉袄。母亲每年给他拆洗的时候，都换上厚厚的新棉花。平时脚上的棉布鞋根本不顶用，母亲为他这次行动专门买了一双大人穿的前后带皮的大头鞋。鞋是大一号的，里面宽松，可以絮进些乌拉草，保暖防寒。"关东三件宝，人参貂皮乌拉草。"作为关东三宝之一的乌拉草，在临江并不稀奇，大山里随处可见。乌拉草细长柔软，晒干之后用棒槌捶打，使其柔软，放在牛皮乌拉（用牛皮做的夹鞋）里，无论多大的寒风，两只脚总是暖暖的。在临江城的街道上，常见到一些卖乌拉草的小贩，他们蹲坐在小木凳上，将晒干的乌拉草放在一块不薄不厚的木墩上，轻轻捶捣，直到绵软如丝的程度，论斤按两出售。林基森的大头鞋里昨天新絮了乌拉草，光脚穿进去，两只脚就像踩上了李师傅的热炕头。光是鞋的保暖还不行，冰雪覆盖的临江就是一座天然的滑冰场，没有一处露出土地的路面，想走路必须有一双冰扎子。冰扎子是一种铁制的鞋套，下面全是尖锐的钉子尖，上面用带子牢牢绑在鞋上，走在冰上不打滑。

趁着大路平坦，大家加快了步伐，不一会儿就全身发热。龙兴宇全身裹在大被里，担心林基森受寒，林基森浑身发热担心龙兴宇受凉。估计走了一个多小时，路渐陡，风渐大，每一步都在爬坡。两小时过去了，林基森又换一次肩膀，两条腿像灌了铅。他想找个背风的地方喘口气，让龙兴宇也歇一会儿。想着龙兴宇躺在那里，贴地皮，不比他好受，也该喘口气，可是他怕掉队，原地站立半分钟，罡风吹进前后心，

他打了一哆嗦，赶紧挎上引绳，继续前进。

太阳还没有走到中天，林基森短短的影子还在偏西的方向跟着他。他用人影判断时间，快到中午了，肚子咕噜噜闹饿。他想吃点儿姐姐做的小点心，孙正才说："到四道沟统一安排吃饭，咱们是集体行动。"

后来他们从三道沟门入江，江面平坦，孙正才甩开大步，林基森步步紧跟，追上了大部队。到达四道沟顶的岗头，日头正当头顶。上面传令，在岗头开午饭。岗头是个小镇，小镇人隆重接待受伤的子弟兵和这些支前的民工，每人发给三个热气腾腾的大馒头，还有咸菜、开水。林基森吃掉了自带的小发糕，准备把馒头带回家。家里一年到头只有正月初五那天把给祖宗做供品的馒头撤下了，才能吃到一点儿。

林基森看得出龙兴宇需要解手，他贴着龙兴宇的耳朵说了一句什么，便拿来尿壶，帮他解开裤子，龙兴宇推开林基森的手说："我自己来！""你就当我是护士吧，我还是个男的。""我们的护士也都是男的。""今天送咱走的，不是女的吗？""撒尿的时候不是。"两人诡秘地一笑。

哨响了，大队人马已经开拔了。孙正才挎上引绳等他，林基森立刻紧张了："我没有迟到哇，是他们太快了。"他俩使劲跑几步，追上了队伍。

从四道沟出发，绕山爬坡前行。这是一段较陡的盘山小路。上坡的时候，必须把引绳拉紧，双手拽住两根辕子。每一步都要拿出吃奶的劲，一旦松弛，爬犁滚下坡去，摔坏了伤员，林基森自己也将仰面倒地。所以，林基森使出浑身力气，不让自己掉队，班长始终在他左右。林基森平时觉得自己身体强壮，现在才发现，光有个头，没有力气。大山里的太阳，来得晚去得早，下午三点钟就向你挥手再见，林基森走得越急，它落得越快。最后一缕阳光连招呼都不打，无声无息躲到山后，天立刻就黑下来了。他浑身发虚，一点儿力气都没有了，带队的同志安慰他：“这几十个人，就数你最小，你已经很不错了。这么小就参加了保卫临江的战役，你值得骄傲！”眼看那灯光闪烁的地方就是目的地，六道沟战备医院就在眼前，林基森的爬犁又落在后面，害得班长孙正才陪他落后。他想说一句感谢的话，却一句也说不出来。

到达六道沟战备医院，孙正才和其他民工都被派到老乡家住宿，林基森自己拉着爬犁去找二姑。孙正才告诉他，明早在这儿集合，一块返回县城："上边还给咱发路费呢！"林基森答应着："我必须跟你一起走，我自己不认识路！"

二姑早在林基森七岁那年就从山东过来了，二姑父在六道沟镇开了一个山货店，收购山货运往通化，日子过得宽余，衣食无忧。母亲来临江那年，林基森随母亲来过，走过三间门市房再通过一个长长的走廊才能到达后院。林基森站在这黑黢黢的门外敲门。七点多钟不到八点，仿佛是大半夜。满天星星叫不醒二姑沉睡的梦，小狗汪汪地叫，林基森叫道："小青青，你别叫，我是你二哥！"小青狗果然不叫，二姑这才搭话："谁呀？""二姑，我是乐芳！"二姑惊呆了，三步并作两步跑了出来："小乐芳，你大半夜……呀，你这是？"她话没说完，林基森扔下爬犁就倒在二姑的怀里："累死我了！"

第十四章 座 右 铭

人的一生可能燃烧，也可能腐朽，我不能腐朽，我愿意燃烧起来。

——奥斯特洛夫斯基

从六道沟回来，林基森和孙正才直接回到学校，战备医院的撤退工作还没有结束，两人看看还有什么活能帮上忙。他们刚进校门，传达室的老校工就截住了林基森。

"你叫林基森吧？"

"是呀！"

"教导处找你。"

林基森跑到教导处敲门。

"进来！"小管在里面大声回应。

林基森进屋一看，里面五六个人。有认识的，也有不认识的。政工干事小管跟大家打招呼："林基森，大家欢迎他。他参加临江保卫战转送伤员去了。累坏了吧？来，这边坐下。"

林基森坐下细看，有两个人他认识。一个是音乐老师，姓穆；另一个是他班的女生，姓隋。其他三人中，有乙班两人，二年级一个人。"找我干什么呢？"他把疑问的目光转向政工干事小管。

　　"人齐了，我再说一遍。咱们这次任务，也是属于保卫临江的需要。现在外面有人说，我们要放弃临江，要撤到长白山里面去。这话不对！我可以负责任地告诉大家，我们不撤。陈云同志下达了最新指示：誓死保卫临江，要与临江共存亡。我们已经打退了国民党军两次大规模的进犯，我们还要继续彻底地击溃国民党军的第三次、第四次进攻，我们要死保临江！目前，有的部门确实撤了，比如战备医院……但那是战略的需要，我们的电台就没撤。我们的中短波，每日每时都把我们的声音传向全世界。同学们，保卫临江需要你们，你们要用歌声告诉临江的父老乡亲，阵地在我们手中，用胜利的歌声告诉我们的敌人，我们东北民主联军是不可战胜的……"小管的年龄比林基森大不了多少。站在那里，像个学生，讲起话来，却像个老干部。林基森打心眼里佩服他。方才的一番讲话，就是战前动员。林基森听明白了，他们几个将被临江新华广播电台请去表演节目。林基森担任独唱演员。今天先回去休息，明天早上八点，直接到电台报到。

　　小管讲完，穆老师说："我初步打算，林基森的独唱有这几个，你看行不行，都是你唱过的。苏联歌曲：《共青团员之歌》《山楂树》；中国歌曲《在太行山上》《解放区的天》《松花江上》《吃菜要吃白菜心》……你自己再选几首准备着。""你，冯秀华，也是独唱，朝鲜歌曲《金达莱》《道拉基》《小白船》；陕北民歌《兰花花》《翻身道情》《绣金匾》……你自己再看看还有啥？明天，你们俩练习一下，来个二重唱《游击队员之歌》，再学一学《兄妹开荒》。明天，到电台我给你们排练……"

　　第二天，林基森早早来到电台，电台大门有军人持枪站岗。电台的负责人宋雨凤在门口的休息室等待他们。宋雨凤既是台长，也是编辑，还是播音员，他把林基森领进一个神秘的小屋——播音室，随后穆老师带着风琴也过来了。宋台长说："电台只有两种乐器，一把京胡，一架

手风琴。"穆老师说:"京胡没用,手风琴我不会用,就用我这架破风琴吧!"林基森熟悉那架风琴的声音,他自觉地站在风琴旁边,等穆老师按完前奏,宋雨凤把手一挥:"等一下,我说开始的时候,这个屋子就不许再有别的声音了。看见没有?这间屋子的墙壁都是布帘子,声音不会造成回音,室内不会有一点儿杂音,我们没有录音机,现场直播必须一次成功。"经他一说,林基森紧张起来,本来不想咳嗽,也想清理一下嗓子。他轻轻地咳了一下,镇静下来。看宋雨凤挥手,穆老师按完前奏,他就打开嗓门,长长的一首《松花江上》一气呵成。穆老师说:"我为什么让他先唱?因为他不怯阵。"林基森心想,你哪知道,我都吓死了!宋雨凤说:"你今天就唱这一首。"穆老师说:"你下午来,练习《兄妹开荒》。"宋雨凤挥手:"好啦!下一个!"

1947年4月,四保临江战役告捷,全县人民敲锣打鼓、鸣放鞭炮。学校组织学生在街头宣传,游行、庆祝、喊口号、张贴标语,林基森的特长又一次得到了充分发挥。首先是街头讲演,林基森根据蔡天心讲课的内容,自己编写讲演稿。他根据蔡天心的讲话内容拟定一个讲演提纲。在当时,对林基森而言,蔡天心的讲话就是党的文件,蔡天心的指示就是真理。他把讲演提纲拿给蔡天心审阅:

一、九一八事变后日本人占领东北,蒋介石一枪不发,把东北大好河山拱手让给日本人,使我东北同胞生灵涂炭,当了十四年的亡国奴;

二、蒋介石实行"攘外必先安内"的不抵抗政策,抗日战争期间,不积极打鬼子;

三、蒋介石撕毁《双十协定》,发动内战,进犯解放区;

…………

最后讲到,国民党军阀杜聿明调动十万大军向南满革命根

据地发起四次大规模毁灭性的进攻……

一篇不到一千字的讲演提纲，让蔡天心喜不自禁、爱不释手。他把稿子递给江帆，意思是：看看我的眼力如何？江帆看完，抓过桌上的红蓝铅笔，在稿子的上面一连写了三个大字外加三个惊叹号：好！好！好！

之前的一期黑板报，让林基森的文字初露锋芒；这篇讲演提纲则更加清楚地显示了小林基森远大的政治才干。"后生可畏，真是个好苗！"蔡天心对江帆说，"下一步，我准备将他带到土地改革的大风暴里……"

街头讲演就在兴隆街最热闹的街口。林基森站在凳子上，几个同学在下面维持秩序，群众一层一层地围拢过来，一次一次地给他鼓掌。恒兴东的伙计们听说林基森在街头讲演，都站在商店的台阶上观看，他们纷纷称赞，都说林家四个学生，就数林基森出类拔萃。

1947年的五四青年节到了，学校召开优秀青年表彰大会。当年开学典礼上发言的小明星，今天已成为模范青年，戴着红花坐在主席台上。这是他自己没有想到的，不就是拉一回爬犁，唱几首歌吗？蔡天心却说，在临江战役最紧张最困难的时刻，林基森像一只海燕，在苍茫的大海上高傲地飞翔。林基森脸上没有露出一丝骄矜，内心的激动和喜悦全都化作感激。他对自己说，我一辈子都不能忘记蔡副部长对我的恩情，他是我革命的引路人。林基森得到的奖品是一本崭新的《钢铁是怎样炼成的》。这是苏联作家奥斯特洛夫斯基著的自传体长篇小说。1947年临江的新华书店根本买不到这种新书，设备简陋的印刷厂从来没有印过长篇小说。但在四保临江战役刚刚结束时，临江县委决定，必须赶印出这部小说。尽管纸张粗劣、泛黄，字迹在疙疙瘩瘩的纸面上不是缺横，就是少竖，没有铜版纸的封面，就在那疙疙瘩瘩的黄纸上印上书名和作者名。如果林基森将这种版本的《钢铁是怎样炼成的》保存到现在，可以

存入现在的临江市博物馆。

　　这是一本少年励志的宝书。它曾经激励着笔者那一代青少年投身革命，启发那一代人了解生命的价值与意义，这是笔者亲身经历的一课。看完这本书的人，大概都会记得保尔那一段关于生命意义的经典论述：

　　　　人最宝贵的是生命，生命属于人只有一次。人的一生应当这样度过：当他回首往事的时候，不会因为虚度年华而悔恨，也不会因为碌碌无为而羞愧；这样，在他临死的时候，他能够说：我的整个生命和全部精力，都已经献给了世界最壮丽的事业——为人类的解放而斗争。

　　林基森完全被这段名言感动了，他把那段话写在纸上，贴在自己书桌的侧面，称它为座右铭。用它鞭策自己，不要虚度年华，不能碌碌无为，要像保尔那样，把生命献给世界上最壮丽的事业。当他用自己的真情背诵这段名言的时候，同学们受他真情的感染，也都争相背诵，一时间都想阅读这本书。

　　班里有一名不显山、不露水的女生，名字叫宋晓月（化名），平时很少与人交谈，总是默默地坐在自己的座位上，但她却引起了林基森的注意。她的座位是靠窗户那一排的第四座，林基森则是中间一排的第四座，中间隔着两个人，他俩从来没有说过话，也没有打过招呼。直到有一天，宋晓月不知道因为什么原因，侧过脸来跟她的同桌说话，恰好林基森望着窗外，宋晓月粉嘟嘟的小脸正冲着他，林基森一下子就被她的美丽吸引了，她什么时候变得这么好看？太漂亮了！像谁？京剧《凤仪亭》里的貂蝉？貂蝉是他爹打扮起来的，宋晓月是天生丽质。对了，她像大姐，在林基森童年的视野里，世上最美丽的女孩儿就是大姐。他曾说，将来我找对象，就照大姐的样儿找。现在他认为，只有宋晓月才像大姐。可惜男女有别，学校不许恋爱，他越是喜欢宋晓月，越是不敢跟她说话，怕被别人看见，怕被别人看穿了他内心不可告人的秘密。不能对任何人说，只是偷偷地喜欢、偷偷地看。只要看她一眼，嘴里就像含了一块永森糖。这种感觉非常奇特，不知道她是否知道，他想让她知道，可是苦于没有机会。

今天是怎么回事？她主动跟他说话。午休时间，她从外面走来，经过他的身边，问："林基森，你桌子边上那段话是从哪儿抄来的？"林基森喜出望外，他急忙回答："就是那本《钢铁是怎样炼成的》中主人公保尔说的话。"宋晓月不问，别人还没有注意，经她一问，大家都来细看林基森书桌旁边贴的座右铭，还有几个人拿笔来抄。"你怎么发现的？"一个女生问。"今天早晨我值日，擦桌子时看到的。"宋晓月回答。

于是大家要求林基森给他们讲保尔的故事，反正是午休时间，也不用你上台表演。林基森习惯了，不管多少人，不管什么地方，叫唱就唱，叫讲就讲。"好吧，我讲。"他一屁股坐在自己的书桌上，同学们也都围着他坐在凳子上。"这本书的主人公叫保尔·柯察金，他幼年丧父，母亲靠给人洗衣服维持生计。读小学的时候，他各科成绩都很好。但他性格倔强，还特别爱提问题。有一次，他听高年级老师讲，我们生存的地球已经有几百万年的历史了。这句话让他产生怀疑，便跑去问瓦西里神父。瓦西里神父一听就火了，这是一种怀疑上帝的观点，你敢怀疑上帝，怀疑基督教吗？他揪着保尔的耳朵，把保尔的脑袋往墙上撞，罚他站在墙角，几天不让他听课。保尔怀恨在心，复活节的时候，他把烟灰撒在面团上，进行报复。结果，瓦西里神父不用调查，就知道是谁干的，最后学校把保尔开除了。保尔失学在家，母亲多着急呀！十二岁时，母亲把他送到车站食堂当杂役，在那儿他受尽了凌辱。他当洗刷工，整天都有洗不完的碗碟刀叉，还要负责烧两个大水壶的开水。他憎恨那些欺压人的老板，厌恶那些花天酒地的有钱人。他有两个同龄的小

伙伴，一个是阿廖沙，另一个是克里姆卡。三人一起玩，感情很好。他还认识了一个女孩儿，是一位有钱人家的小姐，林务官的女儿，她叫冬妮娅……"刚讲到这儿，午后第一节课的铃声响了。大家听得正起劲，谁也不想离开，这节课是自习，林基森要准备发言稿。"放学再准备吧！现在接着讲！"不知谁嚷了一句。被人称作"假小子"的那个女生回到座位上，还喊："喂，林基森，你看完了借给我们大家看看呗！我排第一号！"她那大嗓门，好像在打长途电话。林基森心想，要排第一号也应该是宋晓月！宋晓月，你为什么不说话？

半年前的林基森还不喜欢跟女生说话，他一心只交同性朋友。走路的时候，孙正才搂着他的脖子；他和王行星在一起，总是摽着膀子。现在他忽然喜欢女生，喜欢偷看宋晓月。我喜欢她啥？他问自己。第一她好看；第二还是她好看，比全校其他女生都好看；第三是文静。这就够了。学习不在前几名，那有啥！我可以帮她。她不太进步，那也没有关系，我帮她进步。

一堂自习课，他什么也没有做，铃就响了。下课后，他又被同学围住了。男生问："保尔的男伴叫什么沙？""阿廖沙。""什么卡？""克里姆卡。"女生问："还有那个女生？她叫啥？""冬妮娅。""你看人家，看完就能念出来。我就记不住。还是咱们中国的小说名字好记，张飞、关羽、刘玄德，多好记呀……"过一会儿，老师来了，这堂课是音乐课。"穆老师，用不用把风琴抬过来？""抬过来吧。这一节课咱们学唱《南泥湾》。"

第三天，林基森果然把书带来了，趁午间教室没有人的时候，他把书塞进假小子的书桌里。她排一号。放学后，同学们往外走，林基森刚刚挎起书包，就听见有人喊："林基森！"林基森回答："到！""去，给我们打一桶水！"又是假小子向他发号施令。林基森经常帮助值日生打水扫地，他拎起水桶就往水房跑。回来见宋晓月正在低头扫地。林基森把水倒进水盆一半，另一半洒在地上，又跑到水房打来一桶，放在前边。宋晓月还在低头扫地，假小子在她后面摞凳子。林基森接过宋晓月手中的笤帚说："我来扫地，你去抹桌子。"晓月轻轻答应一声"嗯"，就去洗抹布，跟在假小子的后面抹桌子。三人配合默契。一会儿工夫结束战斗，他们一起走出校门。

三人边走边聊，主要聊保尔，聊保尔的革命精神。他们一起背诵保尔的名言，然后谈冬妮娅，谈冬妮娅的阶级成分。林务官是什么官？她家有钱，有很多书。最后谈他们自己的家庭出身。假小子说："我父亲在伪满洲国时期是长白海关的会计科科长，不知道是什么成分。"宋晓月的父亲没有当过大官，他早早就去世了，爷爷是地主。林基森说："我家应该是小资产阶级。我爹开酱园子、磨坊，也是老板哪，属于剥削阶级。"其实，他并不知道他家的成分，临江县城还没有划定成分，但他用蔡天心的口吻说：不管什么出身，重在个人表现，咱们谁都不要背包袱。一路上，谁都不谈保尔与冬妮娅的爱情。爱情像蝉翼，太薄太脆，一碰就破，谁也不提，好像表演京剧中的《三岔口》，谁也不知道对方是谁，想的是什么！

第十五章　梦幻冬妮娅

当你爱上某个背影，贪恋某个眼神，意味着你已心系一段情缘。只是缘深缘浅，谁都无从把握，聚散无由，我们都要以平常心相待。

——白落梅

读过《钢铁是怎样炼成的》，林基森明确了两点：第一，参加革命，我是保尔，蔡天心就是朱赫来；第二，寻找冬妮娅，我的冬妮娅就是宋晓月。两件大事都很重要，先解决政治问题。他去找江帆。江帆正在写文章，见林基森进来，轻轻地放下笔，拽过旁边的椅子让他坐。

"我要向保尔学习，参加革命，做一个合格的布尔什维克！"他平静地说，那颗心激动得有点儿颤抖。

江帆笑了，心里说，真是个好苗子！

"你知道什么是布尔什维克吗？"

"知道。就是共产党，为穷人打天下！"

"说得对。"江帆微笑着说，"可是你还小，你可以先去参加'民青'。""民青"是党的外围组织——东北民主青年联盟（共青团的前身）。

林基森下意识地摇摇头，他不知道。江帆接着说："没有听说吧？这是秘密组织，秘密发展盟员。"林基森瞪大眼睛看着江帆。

"你可以找徐永权老师、吴国明老师。"林基森如梦方醒，啊，他俩呀！真是秘密。他听明白了，站起来就要走。

"等等！"江帆也站了起来，用手轻轻地掸去林基森肩上的灰尘，又帮他钩好领上的风纪钩。"好了，去吧！注意保密。""哎！"林基森立正，给她行了个军礼。"我走啦！"转身离开的时候，他觉得一下子懂得了许多事情。

他找到徐永权老师。徐老师问："谁叫你找我？""江帆老师。"

"你来头不小哇！"

"我不知道，您是秘密的。"

"那是，我们民青是秘密的，你一定要记住。"接着，他讲了民青的章程和有关须知。

"我们'民青'是由中国共产党领导，由任弼时同志亲自发起建立的东北民主青年联盟，是群众性的进步组织，总部在哈尔滨……"他一边讲，林基森一边点头。身边的吴国明老师，顺手递过来一张表说："你的表现，大家有目共睹，蔡副部长早就推荐了你。我们欢迎你——林基森同志！"他伸出一只手，叫一声"同志"，并不把他当孩子看待。林基森激动得差点儿掉下眼泪。徐老师也跟他握了手。他填完了表，上课的铃声还没有响。他不想进教室，信步走到较高一点儿的那个高低杠下面，轻轻一跳抓住单杠，一个大摆翻了上去。他支撑着环顾四周，觉得自己可以看得很远，然后向后大回环，轻轻跳下。这是他连续几天都没有成功的动作，今天竟毫不费力就完成了。他想：我参加革命了，宋晓月也必须参加，应该马上去找她。怎样才能找到她？当着大家的面他没有想好，午后第一节课的铃声响了。忽然，他有了主意，他的胆子大了起来，怕什么？我已经参加革命了，我要帮助其他同学共同进步。我找她谈话！他直接走到宋晓月的窗前，宋晓月已经坐好，窗开着，脸正朝着窗外。

他走过去对她说："放学后等我。"也不知道她听见没有，也不管别

人听见怎么想。然后故作镇静，大大方方进屋，坐下谁也不看。这时，二遍铃响了。

应该说，林基森对宋晓月的追求是胆大包天的。当时参加革命的人有一条成文的纪律，就是不许私下里搞对象。谈恋爱的人必须经过组织考察批准，申请结婚的男同志必须同时满足三个条件"二七八团"，即二十七岁、参加革命八年以上、团职干部。多么严格的纪律！如果不守此纪律，轻者批评教育；重者批判斗争，直至开除革命队伍。你十六岁的林基森竟敢违反纪律？林基森才不那么蠢哪！青春期萌动的对异性的渴望，是他人性的真实，他向往革命，想当保尔，想当蔡天心、江帆那样的革命作家，不能公开恋爱，却又不肯放弃这人生中第一次爱的冲动。他决定秘密进行，不让任何人知道，包括他的革命引路人，包括他神圣的民青组织。

放学后，林基森帮助值日生做扫除，然后又去水房打一桶水，对宋晓月说："你帮我换这期黑板报。"宋晓月默默地点头，默默地执行任务，干活特别认真。他们一边工作一边谈话，当教室里只有他们两人的时候，林基森开门见山："我参加革命了，你愿不愿意？"宋晓月点头，然后反问："我行吗？""你怎么不行？我行，你就行。""我听你的。""你先写一份申请，我替你交上去，一定要保密。以后黑板报的事就是咱俩的事，咱俩共同进步，携手前进。"

"你看我写得行吗？"她指着黑板报。

"工整就好，让大家都能看清就行。"

"其实，我早就认识你。"宋晓月腼腆地说。

"你？早就认识我？"一个心仪好久的女生主动跟他套近乎，林基森心里乐开了花。

"开学典礼的时候，你上台讲话。帽檐这样一捏，可神气了！"林基森霎时间心花怒放。

两人写完黑板报，一起往回走，在食堂门口看见一张海报。林基森站住细看，宋晓月说："我先走了。"说完就真走了。

林基森关心国家大事，海报的内容他必须看看。原来是一位教授在学校礼堂做学术报告，题目是"四郎探母之我见"。有意思！京戏《四郎探母》，林基森看过，而且特别喜欢，尤其喜欢《坐宫》的西皮慢板："杨延辉坐宫院自思自叹，想起了当年事好不惨然。我好比笼中鸟有翅难展，我好比虎离山受了孤单，我好比南来雁失群飞散，我好比浅水龙困在沙滩……"他一回头，宋晓月已经走出了校门，赶紧追去。他用百米冲刺的速度追上了宋晓月，说道："你怎么跑了呢？多亏我跑得快。"

"有什么好看的？"

"好消息！"

"跟我有关系吗？"

"跟我有关系，就是跟你有关系。"

"啥事儿啊？"

"延安来的教授做报告，讲《四郎探母》，你听这题目多新鲜——'四郎探母之我见'。"

"《四郎探母》是啥呀？京戏吧？"

"京戏，非常好听。念小学的时候，我和王行星连看三遍，可感动人了。"

"你让我去，你得先给我讲。"

"不是我让你去。星期天早上八点，全校同学都参加。"

"你先讲啊！"

"四郎探母是杨家将中的故事。杨家将金沙滩失利，大郎、二郎、三郎全都战死，五郎出家当了和尚，杨四郎被辽国俘虏。萧太后看他仪表堂堂、相貌不凡，又试过他的武功，觉得是个人才，不但没有杀他，还把公主许配给他。他改名换姓，说他姓木名易。他隐姓埋名，流落番邦十五年，忽然听到他母亲的消息，他思念她。佘太君押运粮草到了雁门关，母子十五年没有见面，杨四郎什么心情？能不悲伤……"

"那怎么办哪？"

"找公主哇，求公主帮他盗令箭出关。"

"见到母亲没有哇？"

"见到啦！要不怎么叫'四郎探母'呢！"

星期天，林基森和宋晓月会同假小子，三人一起走进了学校礼堂。里面坐了两百多人，高中部的学生坐在礼堂的中间。假小子说："咱们唶槽帮，靠窗子坐吧？""不，前边有座。"林基森坐好抬头，见县委的一位领导陪着一位秃顶长者走上台来。会议由县委宣传部主持，林基森刚听几句就明白了。报告人是批判《四郎探母》的，观点很明确，杨四郎被俘，流落番邦，是叛徒。这大出林基森的意料，杨四郎竟然是叛徒，这就是"我见"的基本思想。不对呀，杨四郎冒着生命危险探望母亲，却遭到母亲的斥责痛骂，这太不可思议了。母亲骂他叛徒？这合乎情理吗？林基森不喜欢"我见"的观点，他的同学普遍没看过这出戏，都没有自己的"我见"。他没有跟任何人交流，只跟宋晓月袒露心声，可喜的是，宋晓月跟他观点一致。

临江中学在伪满洲国时期，学校就在卧虎山上拥有一百亩的山地。学校每年都根据节气的变化组织学生春耕、夏锄、秋收。现在正是春耕季节。"清明谷雨紧相连，浸种春耕莫迟延"，学校统一翻地打垄以后，停课三天，各班自行组织运肥、施肥、下种——包产到班。

庄稼一枝花，全靠粪当家。同学们需要把沤好的粪土运到山上、送到地头，许多农家子弟都不陌生。林基森的泊子村老家后园外面就有一座沤粪的池子，一年四季总有或浓或淡的粪味飘进厨房。起粪、运粪是个脏活。林基森虽然没有干过，但没吃过肥猪肉，还没见过肥猪跑吗？宋晓月就不同了，她以前住在深宅大院，衣来伸手、饭来张口，她怎么知道那些臭烘烘的粪土需要人们一袋一袋背上山去，自然落在后面。林基森理解她，悄声告诉她："别着急，我帮你。"林基森的袋子少说也装了二十斤粪肥，他扛起就跑，送到地头转身就回来接宋晓月。宋晓月哼哼哧哧，喘气都不匀了，原本十斤多点的袋子，却重如千斤，而且，臭味直冲鼻子。林基森接过她的袋子，转身就跑。宋晓月的心情，既快乐，又惭愧。她从小失去父爱，林基森给她带来的关心和爱护，是来自于异性的新奇，一种从来没有过的幸福感和依赖感油然而生。她紧跟林基森的身后，快到山上时，林基森把袋子交给她，然后马上下山，去背自己那一份。就这样跑来跑去，实心实意地帮助宋晓月，宋晓月能不感动吗？有趣的是，许多男生都向林基森学习，去帮助体弱无力的女生，使运肥的劳动进行得迅速而顺利。休息的时候，大家一起坐在地头上唱《南泥湾》。有人提议，让林基森唱《兄妹开荒》。林基森没有搭档，在电台唱的搭档是外班的女生。同学们见林基森帮助宋晓月背粪，就让宋晓月唱。林基森知道，宋晓月根本不会唱。怎样帮她解围呢？他说："她确实不会，等我把她教会，再给大家表演。我先一个人唱两个人的词，怎么样？""好！"大家哄笑，宋晓月也忍不住笑。一阵香风吹来，一瓣红色的玫瑰飘到宋晓月的草帽上。宋晓月粉白的小脸涨起一阵红晕。三天劳动课悄悄地发展着两人纯洁的友谊，两人成了"一帮一一对红"的典型。

学校组织学生去街头演活报剧，选定林基森扮演宋子文，谁演宋美龄呢？全校最漂亮的女孩儿就是宋晓月，非她莫属。但是，宋晓月一口否决，死活不干。老师去动员都不行。林基森听说后就去找她。

"你怎么不干哪？你不是要参加革命吗？用什么行动？"

"你演蒋介石吗？"

"我不是蒋介石，我是宋子文，我是你哥！行不行？我的妹妹！"

"油嘴滑舌！"宋晓月假装生气，瞪他一眼，接着又扑哧一声笑了：

"咱俩同岁，我还比你大几天呢！""那，我也是你哥，我是宋子文哪！"几句话，把"宋美龄"搞定了。爱情的力量大如天！

当"宋美龄"穿着金丝绒旗袍、两寸高跟的船形皮鞋站在街头的板凳上时，全校同学无不震惊。一是这个宋美龄长得太漂亮了。谁也没有见过真的宋美龄，谁都认为，她比宋美龄更像宋美龄。林基森说："真的宋美龄多大啦？我们的宋美龄才十六岁，二八佳人。"大家笑的时候，宋晓月装出生气的样子，狠狠瞪了林基森一眼。二是一向不肯出头露面，谁动员都不肯上台的落后分子，怎么忽然积极起来。"士别三日，即更刮目相待"，宋晓月一跃而成为班里的活跃分子，成为后进变先进的典型，很快就加入了民青。

1947年7月是林基森终生难忘的日子，民青组织在县委小会议室举行入盟宣誓仪式。十几名血脉偾张的小小少年，一个个自觉站在红旗下，举起紧握拳头的右臂大声宣誓的时候，林基森觉得，他就是保尔，就是光荣的布尔什维克。保尔的冬妮娅，没有参加革命；而他的冬妮娅，和他一起走上了革命的道路。誓词里的话，像钉子一样钉入了他的骨髓，他林基森参加革命组织了。

1947年的暑假开始了。民青盟员开始参加土地改革，地点是林子头，时间二十天。这二十天是林子头土改的诉苦阶段，对这些少年革命者而言，只是一次理论联系实际的实践，万里长征的第一步。小小少年跟随着革命前辈（如蔡天心、江帆、徐永权、吴国明）的脚步，走进了土地改革的暴风骤雨中。当他们背着自己的小行李卷走下火车，坐上农民的铁辖辘大马车时，个个都像出征的战士。"我们都是神枪手……"他们一高兴就唱这首歌。

第一天他们被分配到一处有五间房子大的筒子屋，里面有一铺能睡二十人的大通铺。白天男女生坐在炕上学习文件，晚上二十个男女学生睡在一铺大炕上。男女有别，中间用谷草捆筑成一道矮墙隔开。二十名十六七岁的青春狂想者，灯一闭便有一种奇异的难以抑制的沉默，把空气压抑得紧张而兴奋。这种生命中第一次的经历，让这些少不更事的少男少女辗转反侧。

"呀！这大炕八百年没有烧火，像冰窖似的。"一个男生发牢骚。

"三伏天，你想睡火炕啊？"又一男生附和。

"不许说话！"有女生尖声叫道。

"吓我一跳——都别说话啦！"方才说话的男生以退为攻，反唇相讥。男生有人咳嗽，女生有人咯咯偷笑。紧接着男生方面有人在梨木的炕沿上杀虱子，咔！响声清脆，全屋都听见了。虱子的肥大可想而知。全体哄笑，然后是咔咔咔，你按一个，我按一个，男生个个不甘示弱，女生的笑声此起彼伏。林基森的身上也能搜到两三个，可爱玩爱闹的他却没有参与这场灭虱大会战，他怕"彼岸"的宋晓月瞧不起他。

第二天，他们才被分派到四个不同的自然村。村与村相距三四里地。林基森是东村的组长，宋晓月是西村的组长。他们的任务是动员农民诉苦。宋晓月慌了，发动群众需要面向大家讲话，一向不爱说话的她下决心改变自己，可是讲什么？她还担任五个人的组长，所以得请教别人。午饭时间，她一个人跑到东村，向林基森请教："咋整啊？我也不知道讲些什么。你教我！""我教你，教你！"林基森说，她用笔记，林基森教一句，她学一句。"世上无难事，只怕心不专。瞧你，会了吧？"他把她送出两里地，相约每天中午都在此地见面。一日不见，如隔三秋，见面也不谈个人感情的事，两人自觉纯洁而且浪漫。二十天很快过去了。回校后便要正式参加土改了，蔡天心语重心长地提示他："做好思想准备，那是一场硬仗啊！"林基森把这句话原文转达给宋晓月。宋晓月说："跟你在一起，我什么都不怕。""当然要跟我在一起啦。我要一辈子对你好，一辈子跟你在一起，你呢？""我……我不说。"

第十六章　暴风雨就要来了

在苍茫的大海上，狂风卷集着乌云。在乌云和大海之间，
海燕像黑色的闪电，在高傲地飞翔。

——高尔基《海燕》

1947年暑假，临江中学的学生面临三条道路供自己选择：一是参加
土地改革，二是参加部队文工团，三是继续读书。林基森是"我的青春
我做主"。他报名参加了土改工作队，这条道路也是当年大多数同学的
选择。极少数学生选择继续读书，被送到了通化中学继续学习。林基森
以初中二年级的学历，参加了革命。

为什么他不继续读书呢？父亲早在八年前就承诺过：老大和老二都
必须读到初中毕业。因为战争的需要，保尔也没有继续读书哇！保尔小
学没有毕业，照样可以当作家。而他的革命引路人朱赫来，并不是作
家。机缘巧合，林基森的革命引路人——蔡天心和江帆不但是延安出来
的著名作家，而且正是这次土改工作队的队长和副队长。蔡天心十九岁
发表长篇小说《东北之谷》，他那时十九岁，我十六岁。我就照着他的
路走。目标一旦确定，做事就必须果断。宋晓月问他："不去征求家长
意见吗？""不用，我的事，我自己说了算。"他这样说了，立刻想起山
东的婚事，"有一件事，我要郑重其事地告诉你。去年，父亲在山东给

我定了一门亲事，我们没有见过面，也没有联系过。那是父母包办，我不认账，我要自己寻找我的冬妮娅，他们定的不算数。我要求父亲给我办理退亲。"宋晓月脸红了一下说："知道了。"

"你母亲同意你参加土改吗？"林基森问。

"她没有说什么。我学习也不好，唱歌跳舞都不会，想参加土改。"

"这样更好，咱俩共同进步，就像蔡天心和江帆。"

"我没有你那两下子。"

"我帮你呀！"

他们8月1日出发，前一天工作队开会，宣布各小组成员和工作地点。林基森与十几名同学被分配在建国镇；宋晓月与另外十几名同学被分配在河东的一个镇。两人相距十五里地，隔着一条大河。散会后，宋晓月悄悄对林基森说："没有关系，十五里地，我也去看你！"宋晓月比他想象的勇敢。他用感激的眼神深情地看她一眼，然后去找江帆。林基森所在的土改工作队直接受蔡天心和江帆领导，他不知道怎样表达对两位恩师的感激之情。

江帆用慈爱的目光看着林基森，掏出手帕为他擦额头的汗珠："回家没有？"林基森摇头："不想回去了。"

"回家跟家人告个别吧。这一去山高路远，再见时不知道何年何月。我们那时，比现在紧张。说声鬼子打过来了，拔腿就跑，连一声再见都来不及说。"

林基森家早在八一五光复后，就从大栗子沟搬到了临江卧虎山下的一个小院。四弟第一个发现林基森的身影，燕子似的飞了出去。母亲正在炕上做棉被，猛抬头，林基森直立眼前，敬一个漂亮的举手礼："妈，我参军了！"母亲瞪大眼睛，张口结舌。他说参军，却没有穿军装。大姐听说后也过来了，说道："二弟呀，你这是要上前线吗？""不上前线，我参加土改，就在本县的建国镇。"母亲的脸上露出少许的哀

愁，林基森脱掉鞋子，盘腿坐到母亲跟前，抓过母亲的一只手，母亲停下了手里的针线活。"妈，我是军人，咱家就是军属，军属是有待遇的。但你们不要去争，一切要听地方政府的，无论什么时候，都要跟共产党一条心。"林基森说话的口气，没有一点儿孩子的稚嫩，他几乎是在几天之内一下子就长大了，而且越来越像他的父亲。他爹，刚娶亲那年，离家回关东，临行前对母亲千叮咛万嘱咐：要孝顺公婆，百善孝当先。孝首先是顺，要顺从。兄嫂当家，凡事要听兄嫂做主……母亲很感慨，却不感伤。在她平凡的生活里，认为男孩子长大了，就要出去闯。她打断儿子的话："知道了——你下乡的行李，我都准备好了。"

林基森没有见到父亲，有点儿遗憾。父亲经营的磨坊被政府接管，他被辞掉了磨坊经理的职务，又被公安局下属的一个磨坊找去当经理，忙得白天黑夜连轴转。不见面也好，他知道父亲的商人头脑，不希望儿子参与政治和军事，但他却认准了共产党，认准了给穷人打天下的道路。如此不可调和的观念冲突，父亲始终保持沉默，表示顺从。林基森，你对这样的父亲能说些什么呢？还是各自珍重，好自为之吧。

送他出门的只有大姐和小四。林基森摸摸小四的光头，把他抱起来亲一口，放在地上对大姐说："建国镇离家不远，但部队有纪律，平时不准回家。妈妈那边……"

"放心吧！妈妈会想得开的。只是你，不管到什么地方总要给家来信。"

大姐望着林基森的背影浮想联翩，她的小馋猫什么时候长大了！小时候扒窗台偷点心，上去了却下不来，哭唧唧地喊："大姐呀！大姐抱抱！"那年伤寒病，他差点儿送了命，病好了，想吃永森糖……"大姐，我知道你有钱……"她忽然想起一件事，大声喊道："林基森！"林基森站住，大姐急忙赶来："给你两个零钱！"林基森也不推让，笑笑，把钱揣兜里了。大姐转身，小四站住说："二哥再见！"六年前三弟喊

"二哥再见"时，林基森辞别了大海边上的泊子村，小四被抱在妈妈怀里，六年后，妈妈没有出来送他，只有大姐和小四，"妈妈……"他蓦然回首，妈妈却在大门口倚门相望。"妈妈！是您教导我要自立自强……"

列队出发的时候，林基森才发现，在他们的工作队里，除了十二名学生，还有县公安局的张股长和县里的一名干部。张股长别个小撸子，代表了土改工作队的武装，工作队的力度、威风立刻得到了彰显。有两名男生彭才和马子荣，两名女生孙洗兰、隋一方，紧跟在张股长的后面，一看就是与众不同。据说，他们的工作已经定下来了，他们是未来的公安战士。还有四个男生、三个女生，他们都比林基森大两岁。林基森明白，年龄不是差距，差距在哪儿？他们有的家庭出身是铁路工人，父亲是临江火车站的调车员，五一国际劳动节的时候，在队伍的最前方扛大旗，这样的同学，起点就与林基森不同。还有一个同学，他的祖父是抗联的烈士，父亲是临江县政府的一位干部，他是革命干部的后代，林基森不能跟人家比高论低。站在不同的起跑线上，林基森第一次感到有压力，感到自己的家庭出身将给自己带来一些负面的影响，但他不甘心输在起跑线上。他告诫自己，今后你不要自以为是，你不是最强的那一个。五四青年节获奖的同学一共十几名，也许你是最差的一个，起码你的家庭出身就不比别人强。有什么办法呢？我要用比他们多几倍的努力争取进步！我一步也不能松懈。回头看，有一位同学家庭成分可能是富农，一副小心翼翼不与人争的样子，像一汪平静的湖水，林基森替他着急，加油哇，没有别人可以帮你，要自立自强啊！加油就是了。一刹那，他心中浅浅的阴影消失了。他想起老师曾经在语文课上讲的课文——高尔基的《海燕》："在苍茫的大海上，狂风卷集着乌云……"林基森，你是海燕吗？让暴风雨来得更猛烈些吧！

第十七章 扎根建国镇

我们共产党人好比种子，人民好比土地，我们到了一个地方，就要同那里的人民结合起来，在人民中间生根、开花。

——毛泽东《论联合政府》

在蔡天心、江帆带领的土改工作队开进建国镇前，临江县对以中学生为主体的土改工作人员进行了工作环境及食宿等各方面的安排。工作队办公在农民会对面，一处有黑门楼的五间瓦房里。蔡天心夫妇住东边一间，其余四间是工作队员学习、开会、办公的地方。里面有一张长方形木桌，十几条长凳。工作队员放下行李，坐下来就开会。队长蔡天心向大家做第一次战前动员。他嗓门极大，以往三百人的大礼堂，没有麦克风扩音，全场都听得清清楚楚。现在面对这十几个小鬼（包括他和江的警卫员小孟和小蒋），音量也没减小。他的第一句话是祈使句："同志们！"他激动地喊道，"我从今天起，不称你们为同学，我叫你们同志。同志，这是革命战友之间最高贵的称呼。你们从今天起，参加革命啦！我们是革命同志，志同道合的同志！"他的讲话，林基森归纳为两个重点：第一，土改是翻天覆地的一场大风暴，一场激烈的阶级斗争。中国两千年的封建统治是压在中国人民头上的一座大山，我们要推翻它。第二，立场问题。对于我们土改工作人员的要求首先是立场问题。无论何时何地，你必须站在贫雇农的立场。立场是判别你革命还是反革命的试金石，是原则问题。我们这里有的同志出身于剥削阶级家庭。你要放下包袱，出身于什么家庭，你不能选择，但是革命的前途和立场，你可以选择……

蔡天心讲完，张股长讲："同志们，我是公安局的张镇宇（化名，真名忘了），负责保卫大家的安全。群众发动起来以后，没收了地主的土地，分走了地主的浮财，他们没有仇恨吗？有的地区土改就发生过地主武装杀害土改工作队干部的事件。我们不允许这样的事件在我们建国镇重演。你们晚上、夜间不要一个人单独行动……"

黑门楼里，土改工作队在这里学习一周，吃住都在农民会。六天以后分片包干调查访问，扎根串联。三四人一组，负责一片。如水闸、后台等地，每片都派去三四人。但林基森一人包干农民会跟前这一片，这片住户集中、人口多，就在农民会眼皮底下。普遍调查一周后，林基森把江帆发下来的调查表填完。从这张表格里，林基森分析了自己扎根的住处，他选择住在杨大爷家里。杨大爷家穷，光棍一条，一铺炕也方便。林基森说："杨大爷，我今晚就住你这儿。你看……""我欢迎。我这就是条件不好！"

杨大爷住在村东头的破草房里，有半间厨房，里屋有一铺小炕，炕头有半张破炕席。林基森把干净整洁的小行李放在炕上的时候，杨大爷很不好意思。他把自己的破被卷挪到炕梢没有炕席的那边，说道："学生啊，你睡这面。"林基森急忙把杨大爷的行李搬回来，"这怎么行？杨大爷你是长辈，应该住炕头。"在林基森的坚持下，他把行李放在炕梢。"大爷，家中还有人吗？""学生啊，大爷不瞒你，我是灶王爷的横批——一家之主。一个人吃饱了，全家人不饿。"杨大爷口齿清晰，性格开朗，本来家徒四壁，他说晚上睡觉不用担心招贼。

晚饭，杨大爷把林基森带到了邻居家。这家有一个五十多岁的老太太，与儿子相依为命。杨大爷管她叫二嫂，林基森叫她魏大妈。魏大妈前年死了老伴，家有几亩薄田，全靠杨大爷帮忙打理。杨大爷一年四季的衣被都是魏大妈浆洗缝补，用魏大妈的话说是"穷帮穷呗！"

"你就过来，在我这住吧！他那儿，哪像个家？"魏大妈说。

"这学生是公家派来的人，在我那儿住，我领伙食费；在你这儿住，钱归谁？"

"一半，一半。"

"你就不能说，你不要。"

"你怎么不说你不要。杨老抠！"两人说笑打闹，日子过得好像很开心。

魏大妈煮的大楂子稀饭，下芥菜丝咸菜。

"林同志别嫌弃，乡下没有好吃的。我说给你炒个鸡蛋，你杨大爷说不用，上面有规定。"魏大妈做的饭与小时候妈妈做的饭味道差不多。大楂子稀饭是妈妈招待稀客的美食，大姑来了，二姨来了，妈妈就给她们煮大楂子稀饭。满屋子玉米的香气，弥漫着节日的气氛。这时候，妈妈总要炒上两个菜，土豆片哪，茄子丝呀，甚至把全家人从来舍不得吃、只留着到集市换钱的鸡蛋也拿出来炒上一盘，黄澄澄、金灿灿、香喷喷。林基森只在过年的时候吃过。魏大妈的日子，一看就知道比妈妈更清苦，连一盘土豆丝都没有，只有一碟芥菜丝咸菜。不过，魏大妈粗粮细做，把芥菜丝切得如火柴杆儿那么细。姥姥家的伙食相对好多了，姥姥把土豆皮用碗碴刮得干干净净，菜里总是有点儿油花，还有点儿花椒大料味。

饭后，林基森跟着杨大爷回来。刚到家，后面就跟来一个年轻人，二十多岁，一头乱糟糟的黑发，皮肤倒很白净。"杨大爷，林同志，你们忙啊？"他显然是找林基森的。杨大爷哼了一声。林基森急忙说请进。杨大爷向林基森介绍："村里的后生，姓崔。"

"我是贫农崔三来，光棍。"

"他媳妇跟人跑了。"

"是被人拐跑的。"

"你要是不要钱，她能跟人跑了吗？你是不是没有吃饭哪？我今天没有开伙。"

"吃过饭了，我找林同志报名。我是铁杆的贫雇农！我来参加农民会。我拥护杨大爷当会长！听说别的村子都这么搞。"他说话喷吐沫星子，杨大爷不待见他。林基森也不想插话。他讪讪地说："你不让我跟林同志说话，那我走了。我就有一个要求，明天上我那儿去。我是贫农，你成立基干队，别落下我。"说完扬长而去。杨大爷告诉林基森："这人品行不好，二流子，少搭理他。"杨大爷的话，让林基森想起蔡天心的嘱咐：你们下去扎根，要找准地方，把根扎到真正的贫雇农家里。农村有一伙痞子，不三不四，流里流气，运动一来，比谁都积极，真正的贫雇农倒要观望一阵。你们要把眼睛擦得亮亮的。

聊了一会儿，两人铺被睡觉，吹灭了荧荧如豆的小油灯。

林基森跑了一天，又乏又困，睡吧！明天的事更多。可是，他忽然觉得不对劲，脖子上有什么东西在爬行。是虱子？他用右手食指轻轻一按，逮住了它。圆圆鼓鼓的大虱子，他用手指肚一捻，碎了，黏黏的液体沾在他的手指肚上。他困了，不想恋战，不理它，睡了。不行，全身发痒，他张开"五齿耙子"狠劲抓挠，十根手指全面反攻，后肩膀挠出血了，火辣辣的，还是痒。林基森患伤寒病期间，长过一身虱子，干热的皮肤被病痛折磨得不辨白天黑夜。现在他的困意全消，全身瘙痒的感觉让他无法入睡。他想起妈妈每天去一里地远的小河边给他洗衬衣衬裤。小时候裸睡，没有衬衣，当然有虱子，但不像伤寒病时的虱子那么猖獗。妈妈说没有别的招法，就是洗。全家人的衬衣衬裤，天天都要上河里洗，洗后把铜质的洗衣大盆架在火盆上煮，将洗不掉的虱子煮死，

没用一个星期，虱子大败。杨大爷没有可以常洗常换的衣裳，几个月不洗澡，虱子如何不猖狂？连棉袄棉裤上都是虱子和虮子（虱子卵）。"虱子多了不咬人，饥荒多了不愁人。"杨大爷一觉睡到鸡叫。

林基森折腾半宿鸡叫了，他才昏昏沉沉地睡了一小觉。

"杨大爷，附近有河吗？""有河也不能天天洗呀！""我就天天洗，看它怎么样！"杨大爷摇摇头。"冬天，把衣服晾在外边，埋在雪里，一个时辰虱子就冻昏了，小脑袋钻进衣缝里，一烤，大肚子红红的，一肚子血，用高粱挠子一挠，就掉火盆里了。"这种办法要等到冬天，现在如何是好？无计可施，无可奈何！

早饭是大饼子小米粥和萝卜头咸菜。吃完饭，太阳才从东山嘴冒出来。新的一天开始了。林基森把今天要做的事捋出头绪，重点有三件事：一是把杨大爷的赤贫情况记下来，二是把三十户贫困农民的自然情况记下来，三是把杨大爷家中无敌无畏的虱子集团也记下来。他要写一篇文章，写出一篇与他过去的观点截然相反的文章，主题明确：谁养活谁？是农民养活了地主。

山东济南的"革命诗人"秦寄萍曾创作了一首革命歌曲——《谁养活谁》，在解放战争初期曾广泛流行于解放区，对中国土地革命理念的传播影响极大。但是开学初期大辩论的时候，林基森的观点恰恰与秦寄萍的歌词唱反调。他认为，没有地主租给农民土地，农民就没法生活，所以是地主养活了农民。现在不用辩论，林基森立刻转变了思想，仅仅通过一天的调查，林基森就认识到，地主占有80%的土地，却都是农民耕种，他们不劳而获。有一首歌唱道"地主不劳动，粮食堆成山"。他们吃香的、喝辣的，穿绫罗绸缎；而农民一年到头辛苦劳累，却吃不饱、穿不暖。还有一首歌唱道："老人折断腰，儿孙筋骨瘦。"他准备好了，今天晚上，他要向组织汇报自己思想转变的过程。今天是周六，土改工作队规定，每周六晚回到工作队，开两个小时的生活会，汇报思

想，开展批评与自我批评。

生活会由张股长主持。林基森平时喜欢跟人辩论，喜欢畅所欲言，但他不愿意同某些人辩论。弄不好，一顶反马克思主义的大帽子便扣在自己的脑袋上。那是一种很不好玩的游戏。这天晚上，林基森第一个发言。首先，他谈自己思想转变的过程。通过这两天对贫苦农民的调查走访，他解决了"谁养活谁"的问题；其次谈到了他对流氓无产者的看法，他认为他们不是土改的中坚力量。他讲完了，大家讨论，互相展开批评。多数同学都说，林基森是个胸怀坦荡、敢讲真话的人，说他的调查走访工作做得最细。但有的人还是给林基森摆出一大堆看法："谁养活谁"认识得很好，坦白了自己的真实想法，但不够深刻。应该想到，这是一个革命立场问题，站在农民的立场，你自然认识到，是农民受到剥削，是农民养活地主；你屁股若是坐到地主一边，必然认为地主的剥削是对的，是地主养活了农民，那还要土改干什么？大家佩服这个人的口才，林基森也不能不服，但是林基森还是觉得这个人的言辞有些生硬，让人不好接受，没有办法，他只能嚼巴嚼巴咽下去了。在大家通过的基础上，江帆提出补充意见，一是林基森利用业余时间帮助工作队办《建国镇土改快讯》，每天写稿子、刻钢板，干到深夜，工作扎实、任劳任怨。二是他填写的调查表最合格，详细清楚，你们大家分头传看，看人家是怎么写的。江帆把林基森填的调查表递给了彭才。彭才看见上面有江帆的批语：翔实、具体，传阅！

人人过关式的小组生活会，人人冒汗，个个心跳如鼓，但是全部过关，皆大欢喜。会后，他们由紧张到放松，玩击鼓传花、丢手绢等游戏，受罚者唱歌、跳舞、讲笑话。大家玩得心花怒放、大汗淋漓。

第十八章　大闹城隍庙

天上没有玉皇，

地上没有龙王。

我就是玉皇，

我就是龙王，

喝令三山五岭开道，

我来了！

——匡荣归《我来了》

在跟着杨大爷扎根串联的时候，农民王起的小儿子小猪，像一条小尾巴一样，总是跟在林基森的后面。小猪也搞串联，他找来胡玉田的儿子胡东生、董德厚的儿子董拴住等四五个十多岁的孩子。一天中午，林基森和杨大爷在魏大妈家吃饭，他们闯进来了。

"魏大妈，我们找工作队的林同志。"

"进来吧！"林基森放下筷子赶紧出米。魏大妈说："你们这帮小孩子，有什么急事？林同志饭还没吃完呢，等他吃完饭不行吗？"

孩子们一听立刻转身往外走。林基森急忙把他们叫住："回来！什么事？说！"

"小猪说你会唱歌，你教我们唱歌呗！"赵小锁说。

"好哇！小猪，再找几个穷人家的孩子，都到城隍庙门口等我，我吃完这口饭就来。"

"哎！"

林基森把最后一口饭咽下，对杨大爷说："我去把他们组织起来，用不了一个小时，回来再走。你在这等我一会儿。"

魏大妈说："正好，我有点儿活。你把那鸡架门给我拾掇拾掇。"

林基森赶到城隍庙时，门前已经聚集了十多个孩子，"同学们好！"他一声新奇的问候，把大家问蒙了，一个个不好意思地傻笑。

"不要笑，从今天起，我就是你们的老师，你们叫我林老师，我叫你们同学。你，王同学；你，胡同学；你……"

"齐德武。"

"齐同学，一会儿我把你们的名字一个个记下来。以后哇，我不光教你们唱歌，还教你们认字，每天午间就这个地方，好不好哇？"

"好！"孩子们异口同声地说。

"真像个学生的样儿了！"林基森像老师表扬学生那样自然。

从那天起，他们每天中午都来集合。林基森教他们排队、稍息、立正，点名要答应"到"。林基森给他们排座位，四人一排，三四一十二人，在城隍庙的石头台阶上坐成三排。几天的工夫，他们就能唱十多首革命歌曲，《解放区的天》《吃菜要吃白菜心》《二小放牛郎》《三大纪律八项注意》……歌声传遍全镇，有的中农家的孩子来问："带我一个，行不行？"林基森说："行！"他们就乐颠颠地来了。十天后，共有十九个孩子在城隍庙门口排队唱歌，学写自己的名字。这天，林基森说："咱们得有个名堂，从今天起，咱们的队伍就叫建国镇儿童团，好不好？"

"好！"大家一起鼓掌。"真有个儿童团的样儿！"林基森又一次表扬他的学生。

一天晚上，林基森跟张股长在农民会吃饭，张股长忽然说："小林，你那个儿童团能不能干点儿大事？"

林基森噢地站起身来："请首长指示！"张股长急忙按住他："坐坐坐！"林基森坐下，张股长接着说："现在走私倒腾大烟土的人很猖狂。公安局蹲点，人手不够，抓不过来。"

"报告首长，建国镇儿童团请求执行任务！"林基森又站起来了。

"坐下！明天你去武装部领一杆枪！小心使用，轻易不要开枪！"接着张股长布置他们蹲点的时间、地点。人不要多，不超过五人。

第二天，林基森挑选了四个敦实、机灵的孩子单独训练。小猪哭着说："他们都是我找来的，你就不要我了！"他用手背抹眼泪，哭得像个小花猫。

"是，你应该是儿童团的基干团员。可是你太小，才十岁。"

"革命不分大小，这是你说的！"小猪连喊带叫，连哭带闹。赵小锁说："要他吧！他人儿小——力气大，秤砣小——压千斤，胡椒粒儿小——辣人心。"

"好吧，特批十岁的王小猪……我说，你怎么叫这么个名字？"

"我属猪哇！"

"这样，我给你起个大名叫王联珠。扎根串联的联，金银珠宝的珠。听着，王联珠！"

"到！"

"也给我起一个吧！"

"你，赵小锁？"林基森略加思索，"就叫赵天骄！王联珠是咱们的联络员，你赵天骄就当团长！每个人准备一根二尺长的木棍，晚上等王联珠通知集合。听明白没有？"

"听明白了！"

"一切行动听指挥，记住没有？"

"记住了!"

"大点儿声!"

"记住了!"

"唱《三大纪律八项注意》,王联珠起头!"

孩子们响亮整齐的歌声,让张股长十分震惊。他对蔡天心说:"你带来的这个小鬼,真是个人才。我看,他可以带兵打仗。"

"他应该成为一名作家。"

张股长把疑惑的眼光递给了江帆。江帆向他深深点头,两位大作家在林基森十六岁那年,第一次向世人袒露了对林基森未来的美好期望。

连续几天晚上蹲点失败,王联珠气得咬牙切齿。他立功心切,想表现一个十岁的孩子不比谁差。林基森喜欢这种性格,觉得他有些地方特像自己。按照张股长的指示,孩子们蹲点不要超过十二点;林基森却觉得,十二点以后,坏人走私的可能性更大。他想,今晚我们就是蹲到天亮,也要抓他一个。孩子们也特兴奋,尤其是下半夜,立秋以后小风飕飕,孩子们穿着夏天的单衣蹲在坝下,一个个冻得发抖,谁也不叫苦。林基森把一个装有三节电池的手电筒交给王联珠说:"大家动手,抓住坏人的时候,你专晃他的眼睛。"

"明白!"

大约半夜两点多钟,终于有了情报。负责放哨的赵天骄发出信号,其他几人全都从坑里匍匐着爬到了堤坝下面。那人没有发现可疑迹象,便一步一步不慌不忙地从对岸蹚水过来。他脚步很轻,一个水花也溅不起来,快到岸边的时候,他身子摇晃了一下,但没有跌倒。看看没有动静,他开始上岸,一步、两步……斜坡较陡,他终于爬上了坡顶。

"站住!"林基森一声断喝,四个孩子一拥而上,把他摁倒。林基森的小马枪逼住他的脑门,王联珠的手电筒直射他的眼睛。没有搏斗,一举拿下。

"干什么的？"林基森的枪口依然没有离开他锁定的目标，这可是个吓人的真家伙，那人乖乖地举起双手："高丽糖的干活。"哦，是卖高丽糖的。

"大半夜，卖什么高丽糖？搜！"林基森喝道。枪口直逼着他，手电筒直射着他。那四人上去，从他身后背的木匣子里搜出一大包"高丽糖"。打开黑色的油漆布，里面又包了一层黑粗布；打开黑粗布，里面确实是黑色的高丽糖。

"电筒！"林基森发号施令，枪口却不改目标，"扒开！"

图穷匕首见，脱去黑色的高丽糖伪装着的外衣，里面现出圆圆的一坨大烟土。敌人真狡猾。人赃俱获，董拴住从兜里掏出一条小绳，胡乱地把那人的双手背过来绑上，林基森持枪在后。赵天骄背起五斤重的大烟土。林基森命令："带走！"

"林老师，高丽糖还要吗？"王联珠喊道。

"一切缴获要归公，都带走！"

齐德武背起了那人的木匣子，王联珠包起五斤重的高丽糖，大家在王联珠手电光的指引下，走向县公安局。张股长外出，不在局里，值班的公安立刻打电话给局长。这时候，林基森抬头看见墙上的挂钟，两点二十三分。局长王烈披着外衣从值班的宿舍出来，乐得嘴都合不上："你们立大功了，孩子们！你叫林基森吧？你这小鬼，我得好好奖励你们！"

离开公安局的时候，林基森看钟，两点五十五分。那夜满天星斗，没有月亮。谁也不困，谁也不乏。林基森兴奋地说："来，我们打了胜仗，一列纵队排好，唱着歌回去，这叫凯旋！"

"革命军人个个要牢记，三大纪律八项注意……"雄壮却不乏稚嫩的歌声回响在通向建国镇的小路上……

林基森的儿童团缴获了五斤大烟土的事不胫而走。老一辈的农民纷

纷议论:"我早看出来了,这小子将来是个大官!"仿佛他们已经预见到
这个"大官"就是三十多年后的辽宁省副省长林声。张股长则不止一次
建议蔡天心:"把他送到军政大学去,他是一个将才。"蔡天心却反问林
基森:"听说你们大半夜回来,还唱着歌,不知道北了吧?"林基森下意
识地吐了一下舌头,心中说:他怎么知道的?

在一片赞扬声中,林基森等待着王烈局长的褒奖。他能奖励我们什
么?五斤大烟土,都说老值钱了。可是一周时间过去了,奖励的事杳无
音信。林基森坐不住了,他找到了张股长:"你们说,我们立了大功要
给我们奖励,说话算数不?"

"算数,算数。你们要什么?"

"我们想要红缨枪!我们儿童团每人一杆。"

"你们多少人?"

"加我二十人。你只给我们做个扎枪头子,枪杆我们自己解决。"

"好说!"

"你批准啦?"

"啊哈!"

"说话算数不?"

"你这小鬼,是秋后的蚊子——叮住就不放。我说话算数,二十个
扎枪头子,三天之内交货!"

"谢首长!"林基森心想:我又打了一场胜仗。

林基森把这一消息传下去,孩子们乐得直蹦高。林基森问:"有了
扎枪,不会用怎么办?"

"学呀!"

"谁来教哇?"

"徐叔叔会,徐叔叔还会九节鞭呢。"

林基森摇头,大老徐比谁都忙。

"拴住他爹，也行。"王联珠指着董拴住说。拴住说："俺爹练过杨家枪。"

"你去，把你爹找来！"十岁的王联珠指挥人高马大的董拴住。

"不可不可。你没有听说过刘玄德三顾茅庐的故事吗？三请诸葛亮，表示诚意。我去，我亲自去。"林基森忙说。

"俺爹不在家。姥姥病了，他去长白县姥姥家了。"

"大人们都忙，咱们自己来。拴住，你来教我们吧！"

"我不会教，我会比画。"

"会比画就行，现在大家欢迎董拴住给我们比画！"

大家鼓掌，拴住脸红了。林基森说："大家回去找枪杆，直溜一点儿，光溜一点儿，漂亮一点儿。三天以后，我们的红缨枪就到手啦。解散！"嗷！孩子们散了。

三天后，二十个扎枪头子做成了。二十根直溜、光滑、漂亮的红缨枪齐聚城隍庙。大闹城隍庙的故事，就发生在一个秋高气爽、艳阳高照的中午。

开始时，林基森觉得城隍庙门前地方狭窄，二十人一起舞动红缨枪束缚手脚。林基森踏着石阶，走到庙门口轻轻推门，嘎吱一声，门没有上锁。"可以进去吗？"他问身边的赵天骄。

"老师，我怕你不敢进。"

"有什么不敢？"

"庙西殿的房后有死鬼，天天晚上女人哭、男人叫。白天也有人听见过。"

林基森脖子一挺，心想哪有什么鬼神，共产党不信那一套，于是他说："走，进去看看！"林基森第一个扛着红缨枪进去了，接着便有十九根红缨枪浩浩荡荡地杀进了城隍庙。西殿的后面确实有十几口棺材，一律用铁皮包裹，虽然空气流通，但林基森抽抽鼻子，觉得还是有一股死尸的恶臭味。他用手扇扇鼻前的空气，转身就要离开，说道："臭！院子里去！"

城隍庙的院子宽广，孩子们或单打独练，或一对一，满院子红缨飞舞。9月的临江，早晚凉风习习，中午的太阳却火辣辣烫人。孩子们一会儿工夫全都大汗淋漓。一声哨响，是林基森用柳叶吹出来的，"休息！"林基森带头冲进正殿的庙堂。"城隍爷！你老人家一向可好哇？"林基森用调侃的语气戏谑城隍。临江县的信徒没有一个人敢用这种语气跟城隍说话。董拴住指着城隍前面的香炉说："有人来上过香呢！"

"给他上香？给他磕头？他就是一个泥胎！什么城隍？完全是封建迷信。我们是唯物主义者，我们信仰马克思主义。来，大家动手，把他的香炉、蜡台都给砸了，我们要砸烂旧世界，建立新世界！"

"砸呀！"王联珠一扎枪挑下了城隍的帽子，齐德武一扎枪打翻烛台，哗啦啦，骨碌碌，香炉、烛台全都滚到地上。开始，有几个人因恐惧心理不敢动手，林基森说："大家不要怕！他就是一堆黄泥。不信，把他衣裳扒下来。来！把他搬下神仙的宝座，推翻他的统治。"几个孩子喊"一二三"，把那个几百斤重的城隍爷搬到墙角去了。林基森抓起城隍爷满身灰尘的黄马褂，自己穿在身上，两步跳到城隍爷的宝座上说："同学们，同志们，我们推翻了城隍爷的封建统治，再也不要迷信了！"黄马褂上面的灰尘直呛林基森的鼻子，林基森把马褂脱下扔到地下说："谁还敢来当城隍？"几个孩子轮流坐上去傻笑一回，用扎枪横扫一气，把整个庙堂扫得尘土飞扬，直到累了才走！

林基森扛着红缨枪，兴冲冲去找江帆。"我们儿童团又打了一次胜仗！"他把推翻城隍爷的经过说了一遍。江帆却边听边摇头，她在林基森汗水淋漓、激情勃发的脸庞上，看到了一个无知少年踌躇满怀的自恋情结。林基森疑惑地问："怎么，我们做得不对吗？"

"你不知道城隍爷在临江人心中的位置。今后再也不要提这件事。"

林基森听后两只眼睛瞪得像豆包似的圆。

"我？我们错啦？"

"土匪不敢做的事，你都敢做！"江帆的批评，严肃中还有袒护的意思。

"城隍庙不是封建迷信吗？"

"你是不知道农民对城隍爷的感情，你打翻了城隍庙，就像挖了他家的祖坟……"

"我把他再抬回去？"

江帆不语，林基森挠挠自己的后脖颈，心中很不服气。但第二天，他找来了五个大孩子，把城隍爷又抬回去了，黄马褂也给穿上了。"轰轰烈烈"的大闹城隍庙偃旗息鼓，以失败告终。

第十九章　你的苦，我的泪

把两个相反、相对的事物或同一事物相反、相对的两个方面放在一起，用比较的方法加以描述或说明，这种写作手法叫对比，也叫对照。林基森写新闻通讯，就善于运用这种方法。值得大家学习。

——蔡天心

建国镇曾经家家养狗，人们自己吃不饱，狗也跟着挨饿。但是，狗们还是照样忠诚地看家护院。不过，为了土改工作队的安全和工作顺利，在土改工作队进村前，村里决定打狗。一时间，家家吃狗肉，满村狗肉香。林基森喜欢狗，在山东泊子，他和林基校每人养了一只大狗，一青一黄。两人骑狗赛跑，人欢狗叫。现在大家打狗吃狗肉，他心中着实不忍。

其实，没有狗叫的村庄，工作队的活动也是在众目睽睽之下展开的。林基森的身影出现在谁家，大家也都看得清楚。贫雇农他关心，地主富农他也关注。林基森对杨大爷说："我们搞扎根串联，我的根就扎在你这儿了。你要帮我串联几个人，必须是贫农和雇农。把他们找到你家，你给他们带个头，诉苦。贫雇农必须把苦水都倒出来才能翻身。你看怎么样？"

杨大爷说："学生啊，你看我这地方能装几个人？不是我不敢出头，经过这些天，你在我这住，我看明白了，我杨老大愿意跟着共产党闹翻身。我看，你在王起家搞诉苦更合适。王起苦哇，他爹死了，抬不出去，买不起一口杨木的薄棺材，挨家跪求，没有人帮啊。最后，他娘把他妹妹卖了，把他爹埋了。"林基森一听，觉得发现了人才："杨大爷，你就是智多星。这个典型选得好！今后什么事，我都听你的。咱俩现在就去王大叔家。"

两人正想出门，江帆在大门外喊："小林！"

林基森蹦下地，把江帆迎进屋来。

"小林，我来有两件事。第一件，给你报喜，你的稿子发了，发在头版。"

"这件事我知道了，我也正想问您，他给我的稿子改了，为什么？"林基森把自己的原稿拿出来对照。

"改得好！"

"为什么？"

"不明白了吧？这是规矩，写新闻报道的规矩。你看，这是题目；然后，这是导语；最后，才是新闻的内容。"

"我写的是新闻？"

是不是新闻都不知道，他就知道写。江帆笑了："当然是新闻了，都要按这个规矩写。明白了吗？"

"是，明白了！"

江帆拍了一下林基森的肩膀，模仿蔡天心的语气说："小鬼，就是聪明，一点就透。"

"你不说有两件事吗？那第二件呢？"

"我听说你想在杨大爷家召开诉苦会，我和蔡部长都想参加，你看行不行？"

　　江帆的话说得林基森脸都红了："看你说的，你是领导，还来问我？情况有点儿变化呢。诉苦会不在这儿开，你看，这炕太小，还没有炕席，我们改在王起家开。王起也是个典型，我和杨大爷一会儿就去他家。"

　　"你这片行动比较快，比其他片先走了一大步，水闸和后台都没有调查完。所以我先来你这儿，学习学习。"

　　"看你说的，我都不好意思了。"

　　"没有什么不好意思，你不但发现了杨大爷，还发现了王起、王起的儿子。那小家伙，也是个好苗子。"

　　王起家住在一个大杂院的一间偏厦里，进门就是一铺顺山大炕，能坐十几个人。杨大爷串联了五家贫农和雇农，都有一肚子苦水。加上杨大爷、王起两口子，再加上林基森和蔡天心夫妇共十一人，坐了满满一炕。王起的小儿子小猪在门口放哨，不让外人进来。崔三来来了，小猪没有让他进，说道："满了，坐不下了。""我也是贫农，怎么不带我？"杨大爷在屋里答话："下回的，这回是坐不下了。""杨大爷，下回别忘了我！"说完就走了。

　　林基森主持会议，他看见蔡天心眼睛盯着他看，有点儿紧张。他轻轻地咳了一声，大家静下来了，他说："大爷、大娘、大叔、大婶！"他看了江帆一眼，江帆向他点头致意，他平静下来。他把蔡天心平时给他们讲的话，简明扼要地讲一通，然后说："地主老财的财富哪儿来的呢？他们是靠剥削我们农民、压榨我们农民的血汗积累起来的。富人的财富，穷人的血汗。我们农民终年劳作，到头来，吃不饱、穿不暖。就像《白毛女》剧中唱的'老人折断腰，儿孙筋骨瘦'，我们的杨大爷，就是我们村的杨白劳。王起的日子，大家也都知道。今天到会来的，都有一肚子苦水，大家都把它倒出来……"

　　王起先说："我家祖宗三代给地主家扛活。这，大家都知道。那一

年，小鬼子进山打杨靖宇，我爹给东家赶大车，马惊了，我爹压断了腿，跌成脑震荡……"

林基森没有想到蔫巴巴的王起，说起话来有条有理。他不识字，没有发言稿，时间地点交代得清清楚楚。他讲到妹妹大哭，她把住门框死活不松手，不去地主家，妈妈给妹妹跪下了。听到这儿，林基森再也忍不住，呜呜哭，人们也哭成一片。林基森亲眼见到江帆摘下她的黑框眼镜，像小姑娘一样用手背擦眼泪。

杨大爷趁热打铁，他用袖子擦眼泪，接着说："咱们贫雇农，家家都有一本难念的经。我和王起一样，也是给人扛活。我这岁数，算是大半辈子了，老婆都娶不上。谁嫁给你？房无一间，地无一垄。现在，共产党领导我们闹翻身，我们就是要站起来，跟着共产党干，打土豪分田地……"

杨大爷话音刚落，炕上一个四十多岁的中年妇女哭着说："就是老王大爷死的那年，我的娘家妈上吊死了。她哮喘咳嗽，上不来气，治了八年没有治好，没钱治了，遭不起罪，一条小绳吊在门框上。那年，我的小弟才四岁，送人了！现在也不知道那家人搬到哪里去了，呜呜！"

杨大爷身边一位六十多岁的老太太也说："我家那个大孙子，七岁那年给人放牛，牛吃了李家地边的谷子。李家大老爷一顿暴打，把孩子耳朵打聋了，到现在二十多岁还说不上媳妇……"

到会的人，争先恐后发言。待会场静下来的时候，杨大爷大声说："乡亲们，我们还等什么？土改工作队就是来给我们穷人撑腰的。我们今天跳起来，就是一条龙；趴下，就是一只熊。我们要当龙！"

诉苦会达到了高潮，林基森请土改工作队队长蔡天心讲话。

蔡天心真是个天生的演说家，不管在什么时间、什么地点讲话，从来不用喇叭，不用稿子。他不习惯坐着讲话，穿鞋下地，站在屋中间，打开了大嗓门。他从中国农民头上的三座大山开始讲，既讲高深的理论，又讲俚俗家常，深入浅出，让这些不识字的农民全都听得明明白白。杨大爷说，他活了大半辈子，从来没有听过这样明明白白的大道理，他要跟着共产党闹翻身，推翻代表封建势力的大山，积极参加土地改革。我们跳起来，就是一条龙……

会后，林基森开始筹备建国镇农民委员会选举大会，凡是建国镇的贫雇农、中农都来参加。土改工作队的所有同学也都过来一起开会。林基森主持会议，其他同学发票、监票、唱票、统计、记录，各尽所能。"农民不认字，发什么票？"林基森问过江帆。江帆说："我们在陕北选举，就用黄豆。被选举的人，在前面站着，身后放一个碗。选举的人，每个人领一颗豆，拥护谁，就往谁的碗里扔一颗豆。三个队员，一人发豆，两人监豆，然后三人一起数豆。"杨大爷得到的豆最多，胡玉田次之，罗大铁只得了三颗豆。杨和胡分别被选为会长和副会长。接下来又选出基干队队长徐云峰。徐云峰，人称大老徐，抗联出身，平时不出头，是林基森发现了他。他头脑清晰，为人正直，懂得政策，还有一身武艺。建国镇的枪杆子交给他最合适。选举后蔡天心才正面接触他，觉得林基森在识别人才方面，眼光不错，他对"小鬼"更加信任了。他对江帆说，他决定把小鬼带到省委去，给党输送人才。江帆说："县里工作队放出了口风，不允许谁带走一个剥削阶级出身的工作队员。""他算什么剥削阶级家庭？那人不懂政策。"

选举大会胜利闭幕。蔡天心宣布："建国镇土改进入实战阶段，由农会组织农民打土豪、分田地，没收地富家庭的浮财。"杨大爷不负众望，建国镇的土改轰轰烈烈，积极而稳重地开展起来了。林基森则完全投入到报社通讯员的工作。他写了一篇王起诉苦的通讯，题目是《王起的苦，农民的泪》。发表后，他又写了一篇胡玉田诉苦的鼓词。稿子寄出去，很快就发了，报社、杂志社特别需要这类的稿件，而身在土改工作中的干部普遍不会写稿，这使林基森脱颖而出。四个月来，林基森在省报、省刊上，共发表十三篇稿子，被《辽东日报》评为"模范通讯

员"。他不满足于写新闻报道，还热衷于鼓词、快板、二人转的创作。

这天下午，他正在构思《比一比，看一看》的快板书，他觉得贫雇农那些要饭的篓子、麻袋片子做的棉袄，对比那些地主富农的金银珠宝、狐皮貂袄，应该用快板书的形式来表现更为合适。他刚想动笔，就听到门口大街上有人哭唧唧地喊"林基森"，他觉得是哪个女同学的声音。跑出去看，是隋一方和于春荣。隋一方坐在地上哭，身后站着板凳高的黑狗。林基森大笑，那么大的人，让一条一尺多长的小狗追得哇哇叫。林基森的笑，使隋一方更加气恼："人家要吓死了，你还笑？你们这狗为什么不打死吃肉？""我们这狗从来也不叫。"

"蔫巴狗更吓人。我们俩从门前过，它忽地从篱笆墙跳出来追我们。"于春荣说。

"吓死我了，你还笑！"隋一方直嗔怪林基森。

林基森抓起一块石头向黑狗抛去，说道："滚！看你把我们小姐吓的！"林基森仍然使用嘲笑的口吻。

"你说谁是小姐？你才是少爷呢！"隋一方噘着嘴巴。

原来隋一方和于春荣也想写篇通讯，特向林基森请教。林基森爱闹，就说："你先把方才那段写出来，主题是：狗追你，你千万不能跑，再笨的狗，知道你怕它，它也想装一回凶。"

"你到底想教不想教？"

"想教、想教、想教！"

说是说，笑是笑，打是打，闹是闹，人家徒步四里半地，被狗吓得半死来拜你为师，你哪能敷衍了事？林基森把他写稿的经验，竹筒倒豆子一般详详细细讲了出来。

"谢谢林老师，改日学生再来拜访，再见！"隋一方一脸严肃。于春荣补充说："真的，你讲得很明白。蔡部长还夸你，善于运用对比的写作方法。不过，我们下次来，你得把狗拴上。"

第二十章　一部手抄本的《红楼梦》

感恩的心　感谢有你

伴我一生　让我有勇气做我自己

感恩的心　感谢命运

花开花落　我一样会珍惜

——《感恩的心》歌词

在建国镇的土改取得初步胜利的时候，蔡天心和江帆带领着十几位工作队员杀回了临江城区。题目是"扫堂子"，就是清算批斗城里的工商业者。恒兴东作为临江县八大企业之一，在劫难逃。蔡天心把林基森叫来，交代他："你一个人留守建国镇，我们半个月后回来。"就是说，这半个月，建国镇土改工作队的工作，将由林基森一个人全权负责。林基森那个鸭蛋圆的小手戳，盖上去，农民会就可以逮捕抓人，权力大了。林基森知道担子的沉重，心想："是不是因为父亲、伯父都曾是恒兴东的掌柜，特地安排我回避？"林基森刚刚想到这一点，江帆语重心长地对他说："不要辜负蔡部长对你的信任，要紧紧依靠贫雇农！""是！"如此的信任，又委之以重任，林基森怎么能不心生感动？

上午，他埋头写稿，一个人在工作队的大房子里，工作效率极高，唰唰唰，两千字的通讯一气呵成，题目是《杨大爷的苦，农民的恨》。

吃完饭，他把王起的儿子找来："王联珠，你跟我走一圈。"

哥儿俩通过西厢房南边的夹道向前院的一处空房子走去。

走到正房西边一个屋子，林基森带头进去了。这是一间书房，满地图书，横躺竖卧都是线装的古籍。他看看地上的书，是《资治通鉴》。一册一册，怎么都是《资治通鉴》？哦，这又是什么书？一本一本，线装的小册子，封面上用毛笔手写"红楼梦第一卷"，下面落款"周玉成手抄"。就是说，这一本一本的线装书都是《红楼梦》的手抄本？有意思！林基森打开一本细看，一行一行，竖排的小豆粒大的蝇头小楷，漂亮极了。太好了，这人真下功夫，一卷二卷，七卷八卷，十五卷十六卷，林基森从地上拾起来，一本一本排好，一共八十卷，一本都不缺。他大喜，再看，周玉成？周老师！是他？不是重名吧？他仔细端详这三个字，像翻开一页久远的历史，一幕难忘的记忆，油然爬上心头。周老师在上第一堂课时曾说："从今天起，我是你们的'满语'老师，担任你们班的级任，我叫周玉成。"说完，他转身在黑板上立刻写出这三个大字，周玉成，一笔一画，都让林基森无比震撼。就是这三个字，一笔不差。他，我的恩师，周玉成！林基森回头问身边的王联珠道："这家人，姓什么？""姓周。""你去把大老徐找来！你就回去吧！"

大老徐来了，问道："小林同志，你找我？"

"这家人姓周吗？"

"嗯，姓周。"

"这个人是谁？"林基森把封面上三个字指给大老徐看，他知道大老徐认识几个字。

"周玉成？就是这家的小五子。他家哥们儿五个，他是小儿子。"

"是地主吗？"

"富农。其实富农也不够。他家地多，人也多。土地不出租，人手够用，忙的时候，雇两个短工，日子过得挺红火……"

"人呢？到哪儿去啦？"

大老徐说，在你们没有进村之前，县里的工作队就把他们的家产分过了。他家的人净身出户，现在住在城隍庙的后面。林基森觉得不对，让富农净身出户？不该这样吧？

"你去把他找来！"林基森小声说，"他是我老师。"

"明白，明白。"

大老徐去了不大一会儿，带来了周玉成。大老徐说："他就是周玉成。"说完，自己出去了。屋子里只留下林基森和周玉成。林基森坐在北墙角的一把太师椅子上，前面隔着一张半旧的写字台。周玉成耷拉着脑袋站在桌前，光头，没戴帽子，也没戴眼镜。

"周玉成吗？"林基森的声音保持着土改工作队的严肃。

"是。"周玉成低着头，说话有气无力。

"认识我吗？"

"不认识。"

"你抬头看看，认识不认识？"

周玉成微微地抬一下头，然后立刻摇头："不认识。"难为他了，他曾经戴着一千度的近视镜，现在摘下了眼镜，眼睛眯着，处于半盲状态。再说，一别三载，林基森的个头、声音、气质完全改变了。当年爱唱戏、爱写作文的小男生，已变成一位叱咤风云的土改干部。他周玉成竟是打入另册的落拓书生，怎敢贸然相认？他只能摇头、低头。

一阵凉风从林基森的心头掠过。三年前他最崇拜的周老师，不认识他最喜欢、最偏爱的林基森了。这是怎样的一种人生？怎样的一场风暴？一张破写字台，仿佛相隔一千里。咫尺天涯的空间感让他一阵迷惘。他站起身来，走到周玉成身边换了语气说："周老师，我是林基森呀！小学五年甲班，林基森！"

周玉成急忙向后退了一步："不，不认识！"

还说什么呢？人与人之间最远的距离，不是相隔万水千山，而是曾经相知相亲的故人面对"失忆"的悲哀。"不认识"三个字冷冷地浇灭了林基森热火一般的回忆。周老师，您是我心中最好的老师，是您第一个点燃起我的作家梦，是您像父亲一样，甚至比父亲更了解我的心灵，您是天底下最好的老师！您不认识我，我却永远不能忘记您。可惜在这四周无人的屋子里，我却不能尽情地与您拥抱、畅谈，不能问候您别后的冷暖。林基森的思维乱了，他在地上转了一圈，又转了一圈。应该把书还给他！还给他，我的立场还是站在贫雇农的立场上吗？别人会怎么说？不管这事？我的恩师，手抄了八十回，下多大的功夫，费多少心血。在许多人的眼里，它一文不值，可是我的老师戴着一千度的近视镜……他内心最柔软的一面忽然坚硬起来，人不能昧着良心！他开门把大老徐叫进来，当着周老师的面说："这些书籍，你们农民会拿去也没用。你把它收拾好，装回纸壳箱子里。你找几个人给周老师送回去。他是一位教书先生，是知识分子，不是富农分子，将来还是要为人民服务的……"

"明白，明白。你放心就是。"

他走到周玉成跟前，小声说："老师！"他看了大老徐一眼，对周玉成说："我们搞土改，没收你的土地财产，但我们不能没收你的文化知识。你是富农子弟，不是富农分子，你要与家庭划清界限，要出来工作，为人民服务……"说着，快步走出门去。仿佛再待一会儿他就不可避免地要犯立场错误。他按着自己咚咚乱跳的心口，自问："我做错了什么？我说什么错话了吗？周老师，林基森对不起您！"眼泪倏然而落。

想到大老徐的表现，林基森很感动。不用叮嘱，他无论什么时候、什么地点，都不会把这事说出去。这是林基森一辈子唯一的一件天大的秘密。晚饭后，他给江帆打了一个电话：诸事平安。江帆嘱咐他："明天县里召开公审大会，建国镇要把老地主送到县里来公审。"林基森答应道："你放心。我派基干队长带人亲自押送，万无一失。"

现在他每天都睡在农民会，与农民会副会长胡玉田睡一铺炕。农民会有电灯，林基森夜间写稿。胡玉田点着电灯睡不着觉，林基森就用纸壳把灯罩上，让光线收拢在自己这一边。他盘腿坐着，枕头放在腿上就是书桌。大老徐过来报告："那个家伙，晚间吃得很好，大葱炒鸡蛋，自己喝了一壶地瓜酒。我已经安排今夜的基干队员严格看守，一切正常。"大老徐报告完毕，回去睡觉了。入夜的一缕灯光，只有林基森一人坚守。他沉下心，想写一段快板，最好是写一段鼓词。奉天大鼓的悲悲切切适合表达杨大爷的苦大仇深。这个体裁，他早已熟稔在心，稍加思考，就把开头四句定下来了："鸭绿江水波浪翻，滚滚滔滔流向前。今天不把别人唱，唱一唱苦大仇深的老光棍杨贵山……"他写得很顺，应该说是一气呵成。可是，回头唱一遍，他发现有好几个地方跑辙了，本来押的是言前辙，却跑到江阳辙去了。他觉得好笑，怎么跑了呢？看我把你抓回来。他逐字逐句细心推敲，越推敲越觉得毛病挺多。发现的错处越多，他越高兴。小小方块字，大大学问家，他更加喜欢押韵的文字了，特别是诗词歌赋。尽管在他短短的初中阶段，几乎没有学过几篇韵文，可是那一阵子大鼓书的熏陶，使他受益太多了。民间文艺不经意间在他少年的心坎上刻下了十三道大辙。他全身心投入在十三道大辙的轨道上，开始了鼓词和快板的创作。

他发现，推敲辙韵是个慢活，将近一夜的工夫，一段几十行的鼓词却没有完工。他毫无困意，为了明天的工作，他必须收笔睡觉。躺在炕上，听胡玉田均匀的鼾声，他还在琢磨，是"辛苦劳作三百六十天"好，还是"一年四季流大汗"好？他在掂量与选择的思考中，走进了梦乡。

是谁掀开林基森的被头，摇撼林基森的肩膀？大老徐站在他的炕前喊："小林！"

"别慌,出什么事啦?"看见大老徐紧张的神情,林基森首先让他镇定,然后赶紧起床。其实他的心也怦怦直跳。他如今是土改工作队的唯一负责人,不能给蔡部长惹事呀!

"老地主上吊了!"

林基森腾地跳下地,三下两下穿好了衣裳,跟着大老徐来到监禁老地主的"牢房",胡玉田也跟过来了。他们一进门,就看见老地主用一根电线勒着脖子挂在大梁上,舌头伸出老长。"解开!"林基森第一个冲上去,抱住老地主的腰,大老徐也急忙上去解开他脖子上的电线。瘦得不足百斤的老地主,已经僵硬,林基森在胡玉田的帮助下,把老地主放到地上。胡玉田摇头:"没有救了!"

值班的基干队员说,老地主大约死在鸡叫以后。前半夜很安静,一点儿声也没有。一定是昨晚家人给他送饭的时候,给他送来这一截电线……林基森也有点儿紧张,原定今天上午十点前要把他送到县里公审。这是个秘密,不知道他怎么知道的?众人七嘴八舌,有人说:"是他家人报的信!要不,送他一截电线干什么?""都怪我,我就那一阵子打盹儿了。"值班的基干队员说。

"下半夜谁不困?他一心想死,谁也拦不住。"胡玉田说。

"不要瞎议论了,通知他家人收尸!我去挂电话,报告蔡部长。"林基森说。

他转身回到他睡觉的那个屋子,打通了电话。怎么说呢?他有点儿慌乱,接电话的是江帆,不是蔡天心,还好!如果蔡天心接电话,一定要挨一顿狠批:"这么点儿事都办不好,把一个活人给看死了。"

"江部长,我……我是林……林基森!"

"好好说话,发生了什么事?"

"老地主死了,上吊了。是我……我的责任!"

"你打他啦?"

"没有，我们谁也没有碰他，是他自己用电线勒……勒死的。我光顾着写稿了……"

"小林，别着急。"

接下来竟然是蔡天心的声音："小鬼，不要慌张。他自己要死，我们也没有办法！你那篇稿子发表在《鸭绿江》杂志上了。我看了，很好！继续努力！"

放下电话，他的心仍然无法平静。蔡天心不但没有批评他，还表扬了他的稿子。其实林基森的紧张，也不是因为老地主，他是觉得自己负有一定的责任，如果昨晚提醒基干队，怎么能叫他悄悄地死去呢？

第二十一章　再见，我的第二故乡

确定了飞翔，就不再收回翅膀。

——佚名

土改的胜利果实，让林基森大开眼界。一个小小的建国镇，十几家地主富农，挖出来的浮财，多得不可想象。光是大小不一、形象各异的金元宝就几十件。至于金条、金叶子，更是林基森见所未见。一株数百年的老山参，重达十余两，须毫无损，装在二尺长的树皮制作的盒子里。里边的青苔青中泛绿，人参如游水中，百年不死。值多少钱？没有人知道。临江县银行开不出价，需要问谁？林基森震惊之余，想起王校长教的一首杜甫的诗：朱门酒肉臭，路有冻死骨！

富人的财富，穷人的血汗。可惜还有许多穷人认识不到这一点。他们白天分得了胜利果实，晚上又偷偷摸摸地给人家送了回去。为了提高广大群众的阶级觉悟，蔡天心提出举办一次阶级教育展览会，指派林基森负责。林基森大事面前不慌张，他做了一个详细的方案，紧紧依靠见多识广的江帆，只用三天时间就准备妥当。

他选定一段街道，作为露天的展览大厅，两头立起两座松树大门。南北松树门上都是林基森亲手书写的对联。上联是"富人的财产"，下联是"穷人的血汗"，横批是"比一比看一看"。街道的两侧，东边是富人区，摆满了高大精美的家具、稀奇古怪的珍宝、貂皮大衣、俄罗斯毛呢大氅、土耳其水獭帽子、法兰西高级化妆品……琳琅满目；西边则是穷人区，摆满了打狗的棍子、要饭的瓢、补丁摞补丁的破棉袍、装米的葫芦、打镴子的缸、杨大爷家的半截破炕席、魏大妈家的漏水筲、王起穿过的麻袋片缝制的破棉袄……触目惊心。

展品由大老徐负责，每天日出时从农民会拿出来，日落时收起，送回农民会。展出的时候，彭才等未来的四名公安战士负责会场和展品的安全，其余工作队员担任展品的解说员。消息传出，不仅临江县其他乡镇的土改工作队员和各级干部纷纷前来取经，附近几个县如长白、濛江的土改工作干部，也都云集建国镇，学习建国镇阶级教育的创举。林基森就用展览会的名称"比一比，看一看"为标题，写了一篇两千字的通讯，发表在《辽东日报》上。林基森越写越来劲，他无法抑制膨胀的喜悦，走路的时候，两腿生风，想飞、想跑、想跳，想跳到树上追逐松鼠。

林基森在极度的兴奋中迎来了1947年的中秋节。好事应该成双，中秋节每人分到两块月饼、一串葡萄、两个苹果，放假一天。林基森等待宋晓月的到来，是她亲口承诺的："八月节我给你送月饼。"

"我给你留葡萄。"

"投我以木桃，报之以琼瑶"，多美丽的爱情佳话！他想揪下一粒葡萄塞进嘴里，他是大姐的小馋猫哇！但是他遏制住自己的食欲，给他心爱的姑娘留下一串完整的爱。想到爱，他被自己大胆的情感吓一跳。早恋可不是闹着玩的，违反纪律、私订终身，是要挨批判、受处分的，甚至被开除革命队伍……幸亏他们的保密工作做得好，没有一个同学知道他俩的秘密。再说，他们确实什么也没有做，连拉拉手的小动作都没有。他们只是在心里互相惦念着而已。但是出乎林基森意料，中秋节后的一天，林基森到区里办事，走廊上，他遇上了宋晓月。

"你来干什么？"林基森大吃一惊，与意中人竟在这里相逢。

"我来开介绍信。"宋晓月说，"我报考军政大学了。"

"这事，你没有跟我说呀！"

"跟你说什么？"宋晓月冷冷的，拒人千里。三个月不见，他们竟如同路人。林基森傻傻地站着，待她转身要走的时候，他才急忙问道："你什么时候走？"

"明天。"

轰的一声，林基森脑袋里炸响一颗手榴弹。这是怎么回事？我们之间真的没有任何关系吗？我们没有谈过恋爱，但相见时，她那含情脉脉的眼神，那不是真的吗？还有我，我对她那种从来没有过的牵挂、思念，她都一点儿感觉也没有吗？宋晓月，你辜负我了。一刹那，他有无法诉说的委屈，不知道该跟谁说去。宋晓月已经走远了，他还在那里傻站着。

那天晚上，他失眠了，满脑子疑惑。还没有开始，就结束啦？来无影，去无踪。明天我去送她？不可！不送？不行！想送，非常想，必须送！他恨他和宋晓月之间没有"心有灵犀一点通"。宋晓月无来由地变脸，根本不想要他送。我做错了什么？如果没有今天的邂逅，明天她走的消息，我都不得而知。宋晓月，你太残忍！他的心如针刺，如刀割，如堕冰窟。他在胡玉田的鼾声中憋憋屈屈睡着的时候，一滴清泪流到腮边。梦中，他对自己说：她并没有说结束，有一天，他会突然收到她的来信，或许，她会跑着来见他。

一宿噩梦不断。第二天早晨，林基森头重脚轻。他忽然想到最后一期《建国镇土改快讯》还没有刻出钢板，急忙打来一盆凉水，三把两把洗完了脸。头脑立刻清醒，精神立刻复苏，好像什么事情都没有发生，昨天的一页，翻过去了。

建国镇的土改，进入收尾阶段。编筐编篓，全在收口，这一阶段的工作，依然非常紧张。最后还要做三件大事：交权、审干、搬石头。交权，就是结束工作队的工作，把所有权力全部交还给农民会，口号是"一切权力归农民会"。林基森交出了那个可以签发逮捕令的鸭蛋圆的小手戳，交出了他心爱的小马枪。审干，是农民审查土改工作队的每一个队员，不要过程，只要结论。被审查的队员，往台上一站，不用投票扔豆，只喊一声"行"或是"不行"，这个人的命运就板子上钉钉——敲实了。搬石头，更残酷，农民可以把自己认为不合格当干部的队员当作挡道的石头，把他们从革命的道路上搬出去，淘汰、清除。这是对革命干部毫不留情的清理。某些地方，有的土改干部见利忘义、贪污公款、偷窃金条。农民喊一声"不行"，这块拦路的大石头当时就被搬走了。此人的政治生命便从此结束了。当然那不是建国镇发生的事，建国镇的实际情况如何呢？

那天的审干大会与农民会成立大会的规模差不多。农民会的会员履行会员的权利，谁都不想手软，百十口人齐聚农民会的大院子里。杨大爷主持会议，胡玉田点名，叫阵。第一个上台亮相的就是林基森。林基森很从容，他完全相信他的父老乡亲不会为难他，把他当石头踢出去，可是这种没有经历过的阵势还是令人紧张的。

"林基森！"胡玉田叫道。

"到！"林基森快步跳上石头台阶。他抬头挺胸站定，哗，一片爆竹般的掌声。

"他行不行啊？"

"行！"声音如山呼，如海啸，众口一词。行，这是建国镇的广大贫雇农给他的最高回报。林基森行军礼下台，他给大会开了一个好头。接下来是彭才，行不行啊？行！马子荣，行不行啊？行！三位队员顺利通过，轮到杨胖子（名字忘了）了，沉默了三秒钟，有人小声议论说"不行"，然后大家异口同声说"不行"，声音像刀切似的整齐。他怎么不行

呢？林基森平时与他没有太多的交往，但一个"不行"引起林基森强烈的关注。他怎么不行呢？就是家庭成分不好：富农，平时不太活跃。没有啥毛病啊！可是，群众的眼睛是雪亮的啊！谁的一双眼可以给杨胖子以扭转乾坤的机会？在林基森主持的农民会成立大会之前，林基森布置会场，杨胖子以其笨拙的身躯跳上跳下，挂小旗，贴标语。这些表现，此时此刻竟然被一股看不见的潮流淹没了。林基森看见杨胖子摇动着笨重的身体，跳下台阶石，内心一阵酸楚。但让林基森感到欣慰的是杨胖子挺住了，他没有掉一滴眼泪。他只是脸灰灰的，紧闭嘴唇。他仅仅十七岁，个头还没有林基森高。

交出了权力，林基森想带着儿童团的孩子们攀登雪后的卧虎山。杨大爷说："学生啊，你不能撒手不管哪！"

"杨大爷，你有什么过不去的坎吗？"

"眼下这征兵的事，我就整不好。"林基森二话不说，立刻投入新的战斗。本来他与赵天骄说好他要给儿童团上课，教他们认字，教室就在土改工作队的大屋子里，彭才、孙洗兰等也都表示来当老师。现在他决定，先去帮助杨大爷动员参军。

他刚刚走出农民会的院子，王联珠就拦住了他："老师，我要参军！"好兆头！王联珠，好样的！建国镇的征兵任务一定能完成。可是你这头"小猪"还没有长大。

"我知道，八路军收小兵。他们给首长当通信员，就像小孟和小蒋。"

"小孟和小蒋是警卫员，都满十八岁了。你不能跟人家比！"

"老师！我要跟你走，我给你当通信员。"

林基森大笑："我自己还不知道能不能当上通信员呢！你别在这儿胡说八道！"

"我替我哥，行不行？"

"你哥？小羊？他够年龄吗？"

"就差几天，他月底过生日。"

"走，去你家！"

王起家人都坐在地上编筐。王起老婆编的小团篓，在集市上颇受欢迎。他们见林基森进来，全站起来了。

"我来看看王羊，问问他想不想当兵。"

"问他自己吧！"王起老婆说，"我和他爹都没有意见。"她向林基森努努嘴："不是处了一个对象吗？对象拉后腿。"

"王羊，我说你把这羊字改一下，就是大名了。"

"怎么改？"王羊站起来了。

"改成海洋的'洋'，海洋多么辽阔。"他拉着王羊坐在地上的小板凳上，"你不能让个人私事影响你海洋一样广阔的前途。像你这样的，到部队几天就出息。部队正是用人的时候。"

王洋嗖地站起来："我去报名！"

"不去问问小篮子？"他母亲问。

"不用！"

"等等！"林基森叫住他，拍拍他的肩膀，"真正的男子汉！"说着掏出笔，抓起王洋的一只手就在他的手心写出一个大大的"洋"字，"从此，你的前程就像海洋一样广阔了。"

林基森旗开得胜，他告别王起，直奔郑家。他听说郑奶奶很固执，谁也别想把她的二孙子拉去当兵。林基森进院时，她正在喂猪，"嘞嘞嘞！"七十岁的老太太声音洪亮。她一边喊，一边从桶里往猪食槽子里舀猪食。林基森进院，她装没有看见。林基森走到她身边，抓过她手中的猪食瓢说："我来！"

"你又来干什么？"

"郑奶奶，你今天不欢迎我啦？"

"我怕你动员我二孙子当兵。你要是为这事，我今天就不欢迎你。"

"郑奶奶，你以前可是真心实意拥护共产党的。"

"我现在怎么不拥护啦？"

"孙子参军是响应党的号召。共产党领导穷人闹翻身，穷人翻身当了主人，主人不当兵，难道让那些地主老财家的孙子去当兵吗？"

"你不用给我讲大道理，我不懂。"

"你讲，你讲你的小道理。我听。"

"我不怕你说我落后。我那可怜的大孙子，聋了，二十一啦，连个媳妇也说不上，一大家人靠不上他。你叫老二当兵，家怎么办？地谁种，他爹一年到头病歪歪的。要不，叫老大去，他会做饭，还会编筐，你问问，建国镇谁的筐编得最好？是我家老大！老二不行。"

"郑奶奶，咱们就说老二。"

"我也是说老二不能走。"

"奶奶，你别说了，我愿意去当兵！"老二不知什么时候出现在奶奶的身后。郑奶奶回头看见老二，气得扔下猪食瓢转身就走。林基森拽住郑奶奶的胳膊说："郑奶奶，你听我说，你家老二是对的。咱们贫农应该有觉悟，应该进步快，他出息了，你也光荣。再说……"

林基森连续三天做郑奶奶的工作，铁杵磨成针，功到自然成。林基森在交权之后还帮助农民会完成了征兵任务。

当建国镇人敲锣打鼓欢送新兵入伍之时，土改工作队也准备撤离。先是张红羽带着他事先选好的四名同学去公安局报到了，然后是蔡天心和江帆接到了省委的命令，马上回省工作。蔡天心决定带走林基森，其余同学全部交给县里安排工作，"杨胖子，怎么办？"县里的干部问蔡天心。蔡天心建议他留在水闸，那里有一所小学，他可以当教师。

林基森听说蔡天心要带他去省委，心中一阵狂喜。这是他做梦也没有想到的结果。自从他决心参加革命，他就准备着随时离开家乡，到革命最需要的地方去，像保尔那样，冲锋陷阵，四海为家。最后身负重伤，不能再上前线时就坐下来，把自己的一生写下来，当作家。"当他回首往事的时候……他能够说：我的整个生命和全部精力，都已经献给了世界上最壮丽的事业——为人类的解放而斗争。"

"为人类的解放而斗争。"这是一个多么遥远，多么豪迈的声音，他没有想到，这个目标离他这么近，他马上就要离开临江，到省委去报到了。

临江，是他的第二故乡，他离开山东、辞别大海的时候，父亲带他到蓬莱县城，一再嘱咐：记住我们是山东蓬莱人。七个年头过去了。他投入到这个四面环山的小城，在这里读书上学，喝这里的江水，吃这里的山菜，跑遍了这里的大小山头，从望江楼的山顶"飞"到自家的门口，从兴隆街拉爬犁到六道沟战备医院运送伤兵，再到半夜敲二姑家的大门。在卧虎山，他帮助宋晓月背大粪，宋晓月草帽上落下一瓣红色的玫瑰，多美丽的生活呀，虽然有时候很苦，手脚生了冻疮，流脓淌血，鼻子冻得一年四季大鼻涕不断，说了两句真话被罚跪——可是都过去了。剩下的都是快乐，都是温馨，都是幸福，都是荣誉。他太幸运了，特别是建国镇的土改，让一个勤奋向学、不忘淘气的初中生一跃而成为一个壮志满怀的少年革命者。

爱上一座城，也许是因为城中的一道风景，也许是因为城中的某个人。林基森爱上了临江，是因为它燃起了他生命中热烈的少年情怀。他愿意以赤子之心报答临江母亲的深恩。但是蔡天心做了一个惊人的决定，给林基森以天大的惊喜。省委所在地是多大的城市？有多少人口？这些都是林基森无法想象、无法估计的。他只知道，那是一片广阔、神秘而又陌生的土地，那是他忠于革命、实现理想的疆场，他将义无反顾、勇往直前。

送别那天，乡亲们送他们到路口。这个送鸡蛋，那个送年糕。杨大爷说："他们不能收。"郑奶奶说："别人的可以不收，我的就得收。你

问为什么？因为小林是我亲孙子。"她把三个热乎乎的咸鸭蛋塞进林基森的大衣口袋里。

蔡天心、江帆坐在一个马拉的爬犁上。林基森、小孟、小蒋各骑一匹马，农民会的干部徒步送他们到临江火车站。小小的候车室一下子拥进来二十多人，瞬间热闹起来。不知道县土改工作队的队长在蔡天心耳边说了句什么话，蔡天心登时脸色剧变，大声吼道："你说我带走的是什么人？我带走的，是党的人才，他经过土改风暴的洗礼。他的业绩，建国镇的乡亲们有目共睹。几个月，他发表了十三篇稿子，是党报的模范通讯员，党的知识分子，你行吗？说人家剥削家庭出身，你怎么不说你们在临江城区扫堂子犯了'极左'的错误。你们侵犯了工商业者的利益！中央三令五申要你们纠偏、改正，你们还在坚持错误路线……"县土改工作队队长早已躲到外面去了。蔡天心的大嗓门还在候车室里响着。农民会的干部个个惊讶，林基森低着头，十分不安。他没有想到县里的干部用这种理由、这种方式挽留一个无比热爱临江的人，更想不到蔡天心会当着一候车室的人去教训一个县里的干部，而且是为了他，他感动的同时，还有点儿尴尬。

火车开了。林基森望着窗外冰雪覆盖的大山，心中一热，眼泪滑落下来，说不出什么滋味。他掏出他的日记本，请两位恩师给他写几句临别赠言。江帆接过小本，郑重地说："千言万语，真不知道写什么好。此一去，我和蔡部长要到新的单位工作。我没有什么金玉良言送给你，我给你改个名吧！"说罢，掏出钢笔，在林基森的小本上写出两个大字："林声"。林声抹了一把潮湿的眼角，喃喃念道："林声，森林的声音。"从那一天起，他使用了八年的大名林基森，完成了他在小学、中学的历史使命，林声以其少年、青年、中老年革命者的身份驰骋于辽东、辽西以至全辽宁，离休以后，林声更以诗人、作家、画家、陶瓷艺术家的鼎鼎大名蜚声省内省外。

林声简历

1947年9月—1948年1月	临江土改工作队队员
1948年1月—1948年10月	《鸭绿江》杂志社记者
1948年10月—1963年11月	辽北、辽西省委青委干事 辽西省团校队长、支部书记 共青团锦州市委副书记 共青团辽西省委常委、宣传部部长 共青团阜新市委书记
1963年11月—1977年9月	阜新市科委副主任、彰武县大冷公社党委副书记、市郊区区长、市文教办副主任
1977年9月—1978年12月	辽宁省委研究室处级研究员
1978年12月—1984年8月	阜新市副市长、市长，阜新市委副书记
1984年8月—1996年	辽宁省省长助理、省科委主任、副省长，辽宁省政协党组副书记、常务副主席

林声，1931年1月生于山东蓬莱。1947年参加革命，1996年离休。现为中国作家协会会员、中华诗词学会会员、中央文史馆书画院院部委

员、东北大学兼职教授、沈阳大学名誉教授，省文史馆馆员、名誉馆长。

著有《灯下情思》《灯花吟草》《林声散文》《林声国画精品选》《林声诗书画集》《林声自题画诗》《玩陶集》《散穗夕拾》《辽彩新韵》以及教育、科技、艺术专著十二部。主编《中华名匾》《中国百年历史名碑》等十三部大型图书。诗集《灯下情思》获"艾青杯"文学奖。曾参加中央文史馆组织的八次全国书画展；全国政协成立五十周年书画展；中、日、韩第十二次、第十三次书画展；辽宁神奈川（日本）名家画展。他创作的辽三彩作品应邀参加2014年第五十届世界手工艺文化节展览。

跋：细节的力量强大无比

邓荫柯

　　康大姐的创作激情和写作青春真是惊人。刚刚完成了李仲元的文学传记《少年不识愁滋味》，嘱我写序，犹如昨日，另一部佳作——林声同志的传记《烽火少年行》又摆上我的案头，这回是写跋。连同早些时候为文学大家王充闾写的传记《阳光少年》，一起构成了别具一格的"辽海三少年"丛书。康大姐以八十五岁高龄开辟了"80后创作"的新篇章，更是令人惊喜、羡慕。其实，这套书并非早有计划，而是在写作过程中得到读者的鼓励、传主的认可，逐渐形成了规模。康大姐是我已故好友鲁野先生的终身伴侣，是鲁野启发并发现了康大姐出色的文学才华和文学组织活动能力。我们三人曾经营辽宁散文学会，鲁野听话卖力、拼命工作，我是散漫随意的闲人，不会掌权也不会争权夺利，康大姐运筹帷幄、胸有成竹、指挥若定，鲁野这位常务副会长大致是场场必到的伙计，我这会长大致是个礼宾司长的角色。端赖康大姐的能力、影响，把学会办得风生水起。其实，我和鲁野都是为康大姐打工的伙计，因此被外界称为"夫妻店"，外加一个没有邪心的第三者。鲁野不幸辞别人世，他和康大姐之间美丽真挚而又漫长的爱情骤然结束。康大姐从"有灵犀，并钟彩笔；醉双飞，万里揽神州"的极致幸福落入"回飙恶，斯文天丧，摧我栋楼"的莫大痛苦和失落绝境。她半年不下东楼，

之后猛然奋起，继续她不老的文学生涯。回忆鲁野，是她重要的创作主题。

以康大姐的奉献精神和人格魅力，她在传记文学方面的出色能力吸引了辽宁文学领军人物的青睐。康大姐慷慨热情，极其慎重地选择传主。她和传主形成了一种独特的知音密友般和谐而绝对互相信任的关系。康大姐相信传主的每一句话都是真实的，包括主要亲属和重要朋友及指路人的性格形象语言风采。而传主则绝对相信康大姐，他们不急不慢地口述，康大姐既能记录下来，又能够以生动清晰的文学语言塑造传主个人和重要亲友的形象，并且写出他们少年时期的社会风采和生活境遇。几位老先生按时到来，闲言少叙，正襟危坐，叙述她需要的故事素材。几个小时紧张而严肃的文学和心灵交流之后，戛然而止，老先生说，时间到了，立即离去。康大姐很少需要传主重复某些内容，她极为珍惜传主的时间和精力，珍惜传主提出的核实材料和补充事实。

接下来是康大姐对自己记录的口语资料进行加工创造，她的目标是让人看不出她是在记录传主的口述内容，而是经历和传主同样生活的过来人。她变戏法似的最后拿出的故事是那样生动，那样鲜活，那样吸引读者！我真不知道她是怎么写成这些故事的。

这部《烽火少年行》的传主是辽宁省原副省长林声同志。最让辽宁百姓感动和敬仰的是，林声主持建设了沈大高速公路。一方面，这是一项极其复杂、极其烦琐的开拓性工程，设计、规划、施工耗时费力。另一方面，这又是一项高危险、伤亡率极高的工程。承包商、材料供应商蜂拥而至，带着巨额资金上门，全国倒在高速公路总指挥这一岗位上的高官大有人在，吃枪子儿者不乏其人。两袖清风的林声同志顺利完成了这一工程任务，好评如潮。

这部新书塑造了童年、少年时的林声美好而动人的形象，真实、具体、生动、清晰。少年时期他突出的特点是长相端正、人见人爱；机智果敢、勇于冒险；富于爱心、情商特高、知恩图报；有责任心、勇于担当；积极进取，特别是对书法和写作的挚爱，终身坚持。名为乐芳的小林声在亲人环抱中成长，爷爷林毓丰和乐芳同为庚午年出生，对他极为喜爱。爸爸林肇余长年在布店当账房先生，妈妈李海英负责几个孩子的养育和全家人的饭食。住在距泊子四里地的下朱潘村的姥姥担心女儿家孩子多照顾不过来，要帮女儿家抚养一个孩子。几个孩子不愿离开妈妈，只有小乐芳愿意。一来喜欢姥姥家的伙食，二来有一份担当精神，他就痛快地来到姥姥家所在的下朱潘村。下朱潘村风景奇特，有动听的小瀑布声时刻响彻耳边。小乐芳乐得在这里游戏、生活，姥姥对他也极为喜爱，只有一件事特别严厉，就是坚决禁止他下海、下河游泳。有一次，表弟来看望姥姥，两人有说不尽的话，竟然到冰上游玩，可惜冰层尚未冻实，冰上发出炸裂的声音，两个孩子相继落入冰窟窿，二人互相搀扶，挣扎着逃脱，虽然水不到膝盖深，但两人吓得要命，棉裤都打湿了。乐芳说，我们违反了姥姥的禁令，肯定要受到一场烧火棍的狠揍，不如逃跑，回自己泊子的家。小乐芳有超出一般孩子的体力，很快就回到家。在自家大门前正好看见美丽而亲切的大姐，大姐带着他们见了妈妈。妈妈首先想到，姥姥会着急，命令他们立即返回下朱潘，给姥姥认错。好心的大姐护送两个犯了大错的孩子回到下朱潘。他们一眼看见了姥姥的身影，正手搭凉棚向远处瞭望。乐芳一头扑到姥姥怀里，姥姥不但不打不骂，还搂过他的脖子放声大哭："我的儿啊，你跑哪儿去啦？"大姐忙活开了，把他们的衣服扒下来让他们坐在炕头盖上棉被，享受亲情的温暖。康大姐的文本显示出高超的技巧，在这个仿佛很随意的故事里，描绘了几位亲人的性格，塑造了他们美好的形象。首先是妈妈深明大义，顾不上责备孩子和换下湿棉裤，就让他们立即返回下朱潘，免得姥姥着急，这表现了妈妈的理性和智慧。其次，年纪比小乐芳大不了几

岁的美丽的大姐主动护送弟弟回姥姥家，表现了她善解人意和富有爱心，而姥姥特别的宽容让小乐芳享受了亲人间真挚的爱。在故事进行中塑造人物，以人物的言谈笑语鲜活地表现人物，推进故事的演进，这是康大姐一条极为成功的经验。另一条成功经验是极其重视细节，无论写故事还是写人，细节的力量是无比强大的。康大姐认真地确定了几个重点情节：祖父丧事、初次和父亲见面的乐芳强烈感受父亲对自己的尊重等。一个六岁的孩子，在选择墓穴位置这样的大事面前，大伯父竟然郑重其事地征求他的意见，小乐芳同样感受到这份信任和尊重。在去东北之前父亲带他去了解故乡蓬莱的风采，生活节俭的父亲竟然花了五分钱买了一壶清茶，让乐芳记住了故乡。还有与张守义同学的深厚友谊和守义的突然病亡，让他感受到幻灭与绝望，去东北后年轻女老师张福贵对他的关照以及张老师的不幸早逝，都深埋在他的心底，成为难以磨灭的记忆。

小林声的成长过程可以分为在山东老家和跟着父亲闯关东来到临江山城两部分。前一段写他的幼年、童年，主要表现他的自然天性，后一段表现他逐步接受党的教育和培养，坚信了共产党的革命道理，逐渐成长。《罚跪》是他思想发生突变的一章。故乡山东泊子是一片游击区，他看见过八路军，会唱抗日歌曲，但是山东、关东两重天，到了伪满洲国，却当了亡国奴，这是少年林声痛苦的心结。一天，在一个隐秘的地方他一时兴起，唱了《松花江上》和《大刀进行曲》，被死心塌地为鬼子服务的训导处主任周大麻子罚跪在领操台上。直到星星出来，才由值日生搀下来。后来得知是父亲花了很多钱才把他救出来的。从此，他坚定了抗日的信念，在日本投降之后他上了中学，他写的一篇《我是中国人》的作文被选为开学典礼上的发言稿。他抓住了机遇，成长为优秀学生。把他引向革命道路的指路人正是著名作家蔡天心。蔡天心给他讲解革命道理，培养他办黑板报，蔡的夫人江帆也一起栽培这棵革命的好苗子。这两位，不但是他的老师，也是他参加革命的引路人，还是他从事文学创作的引路人。整个作品的后半段，都是围绕着两位革命引路人的培养展开的。少年林声十五岁就参加了四保临江的战斗，运送伤员，后来正式参加革命组织直接成为革命队伍中的一员。在亲人送别他的队伍里，有他敬爱的极其美丽的大姐。大姐突然想起给他几个零钱，这一处笔墨又一次显示了细节的力量。

少年林声和我们好多人一样，沉醉在保尔和冬妮娅的爱情故事中，他背诵保尔的名言，钟情于一位特别美丽的女同学宋晓月，两人的爱情特别隐秘，也特别真挚，充满激情，但是这段爱情忽然夭折了。我很惦记，读者也会惦记，猜测他们的故事是一个没有结局的初恋，现在回想起林声夫人李云同志典雅高洁的形象，那场初恋只不过是一支美丽的插曲。

土改的历史曾有"左"的倾向，十六岁的林声在暴风雨中迅速成长。在土改工作队主要领导撤退后，少年林声大权在握时，他发现有散落的手抄本《红楼梦》，这是被划为富农成分的周老师用毛笔抄写的。他可以视而不见，采取回避的态度，甚至为表现积极，与老师划清界限，还可以借题发挥，批判老师怀念封建主义什么的。但他没有，天性中的正义感，使他勇于担当，他吩咐基干队长把书还给周老师，而且很有礼貌地对待周老师，希望他将来利用知识为新中国服务。这中间的心理描写十分感人，既写出了他对恩师的感戴，也写出他坚持正义的紧张，展示了他人性的真善与大美。

听说为这本书写序的人，是曾任《海燕》主编的古耜先生。古耜以观念新、起点高、论述精深、文章华美而蜚声文坛。我的跋忝列其后，甚觉汗颜。特别是听康大姐说，林声同志得知序跋作者中有我一个，他很高兴，说老邓是个好人。这句话让我深感温暖知心。虽然我年高昏聩、观念落后，但有一件事尚有点儿价值，就是故事中提到的人物我大

部分都认识甚至见过，比如他终生感念的参加革命的引路人蔡天心和爱人江帆。江帆是我工作的春风文艺出版社的领导人，年代记不清了，但应该是"文革"以后。江帆的风度恰如康大姐描绘的那样，风雅质朴、激情似火。我没有见过蔡天心同志。"文革"期间，蔡天心同志被上纲上线地批判、污蔑，一部《大地的青春》被说得一无是处。

和林声同志的友情是怎么开始的，已经记不清楚。当时，我是一名出版社的编辑，算个副科级吧，中间隔着正厅局、副厅局、正处、副处、正科，有八竿子打不着的距离，但他像老朋友一般熟稔、亲切，聊起天来，无话不谈，有时兴起，通话时间达半个小时。

我曾专门去访问位于北陵那座省政府大院的他的府上。优雅高贵、亲切质朴的林声夫人李云同志，是中华人民共和国第一代播音员，她给我留下了深刻印象。林声同志最喜欢在不知不觉中显示出关系密切高看一眼的温暖风度。和林声同志交往，忘记了森严的等级差别，毫无拘束，原来他也是作家协会会员，我们有共同的爱好，他把我当成文友。我开始注意他的散文随笔创作，觉得甚为畅达、亲切，他特别重视对普通百姓命运和生活的关怀。

1996年，《林声散文》研讨会召开。我躬逢其盛，即席赋诗一首：

一支彩笔绘丹青，慷慨沧桑烟雨浓。

沥胆披肝抒至爱，推心置腹话平生。

苍凉大漠聆遗响，浩瀚重洋悼鬼雄。

朗月清风君子意，黎民忧乐最关情。

在这首诗的后面，我又写了几句赘语："林声为人平易恳挚，和文化界同人相处甚为融洽，友朋如林。散文研讨会，省内文学名流悉数莅临，文友赞誉有加，亦推心置腹地指出瑕瑜互见之处，气氛至为欢洽。我亦躬逢其盛，即席赋诗以表贺忱。其中'苍凉大漠'和'浩瀚重洋'分别指林声游览内蒙古风光和在夏威夷海滨追思珍珠港战役中的死难将士的两篇散文，其实这首诗的重点是最后一句'黎民忧乐最关情'。"

文学，是你永远的旅伴

尔　蜜

继 2015 年《阳光少年》、2016 年《少年不识愁滋味》之后，母亲于 2017 年又采写了辽宁省原副省长林声先生，作为她"辽海三少年"的第三部。

真的很钦佩母亲，八十四岁了，本来应该是安享晚年的年纪，可是她偏偏笔耕不辍，一本接一本地写，一部接一部地出。

我曾多次劝她，你太累了，该歇歇了！

可她不听，依然故我。看书、写作、旅游，成为她晚年生活的三大主题。

有一天，我生病在家，听说老副省长最近身体也不是很好，腰椎间盘突出，走路不便。但是两人约定的事从不更改，下午两点，他依然准时到达。那天，老先生还是照常由秘书搀扶着他过来。他不坐沙发，专坐高腿靠椅。进屋后，闲言不叙，直奔主题，讲其上次未讲完的故事，三个多小时不下课。我在屋里，迷迷糊糊地听，老先生讲的是四保临江战役的故事，听着听着，我的药劲发作，竟迷糊睡着了，再醒来，他的话题仍在临江。一个下午，直到近六点一刻，四保临江的故事才算告一段落。两位白发老人，在历史的惊涛骇浪中缅怀一段已逝的宝贵光阴，全然忘记了疲倦。

老省长走后，母亲就夜以继日地把采访的内容写出来，没记准的地方空出来，再打电话。电话那头，常常由一个小小的质疑又引来一大串故事。两位老人就这样面谈、话聊，将一个少年的梦想与实践，勾勒成一幅朝霞满天的风景。

对于母亲来说，采访是一件很辛苦的事。她使用搜狗输入法写作多年，提笔忘字的事经常发生。边听边记，更需灵敏快捷，作为做过多年记者的我，是深有体会的。老妈习惯于铅笔记录，这样便于她勾勾抹抹。故事记录下来了，动笔又是另外一回事，很多时候，看似挺简单的一个故事，却要反复斟酌，究竟是"僧推月下门"好，还是"僧敲月下门"妙呢？

林副省长的故事从秋天讲到了冬天。大春节的，母亲只是在大年三十的时候停下笔，看看春晚，然后大年初一斗柄回寅，一元复始，她又开始伏案写作了。

母亲性格超急，总觉得一万年太久，只争朝夕。她跟时间赛跑，恨不能找根竹竿把太阳爷爷支住，不让它落到山的那边。尽管白驹过隙，太阳爷爷从来不多给她一分一秒，但她也没有放弃过争分夺秒的努力。终于她又赢了一把。今年的2月，她完成了《烽火少年行》的第二遍修改，把一部指肚犹温的电子稿交付给我，嘱咐我认真校对一遍之后，把稿投给爸爸生前所在的出版单位——春风文艺出版社。她让我替她准备着，可能会被退稿。我知道如今"春风"的大掌柜是当年以编辑"小布老虎丛书"而名扬省内外的单瑛琪，她当然不认识我，她能想起母亲姓甚名谁吗？图书出版与经济效益挂钩，这是所有作家无可奈何的事，我母亲心知肚明，她却拉着我的蓝色四轮小拉杆箱，潇洒地"挥手自兹去"，带着她的得意门生飞向了国内唯一没有冬季的海南岛，候鸟的翅膀一旦飞翔就不想收起。

老妈是一个酷爱旅游的人。前些年，她趁着身体还好，马不停蹄地旅游，游累了，就在家看书、写作。这几年，她身体虽然还行，但毕竟

是耄耋之人了，没有合适的旅伴，我是不敢放行的。

我知道，人老了之后会很孤寂，我的老爸驾鹤西行之后，老妈的孤寂是可想而知的，女儿再好，也不如老伴常伴左右。她将怎样消解她的寂寞？老爸走后，她一个人随团旅游了二十多个国家。直到去年，旅行社向她亮出了红灯。她冲冠一怒，今年3月为躲避料峭的春寒，她带着门生飞到了海南，住进了她朋友买的两室一厅的新房子里。她总是红运当头，朋友刚买的房子，只住了十几天，因为南窗临街，市井吵嚷，她在清水另购一处三室的新居。母亲不怕吵，她说"心远地自偏"，于是"鸠占鹊巢"。老母亲的学生——我的马姐，进驻当天，开伙下厨。人家是上车饺子下车面，她俩下车就吃饺子。马姐饭后就去跳新疆舞，母亲打开电脑就写作。晚上她跟林声同志用长途电话探讨疑难问题、敲定疑案，跟朋友用微信聊天。她的手机流量充足，虽没有Wi-Fi，却不用去邻家揩油蹭网。她在东方住了四十天，全面修改了《烽火少年行》的全部文字，传给我让我转送"春风"，她深知，她的作品不是皇帝的女儿，所以她不能不愁嫁。我不知道她愁嫁的时候是否"心忧炭贱愿天寒"，但我从她传回来的照片看到，她戴一顶黑色的假发，在退潮的浅海里戏水，笑得一塌糊涂，真是个老顽童！

老顽童乐不思蜀，候鸟热得纷纷北归的时候，她飞到了南宁，住进了巴马。照片传来，她在百魔洞吸氧、磁疗；在百鸟岩坐游艇；在长寿岛与百岁老人合影。人家"少年不识愁滋味"，她耄耋之年也不识愁滋味！

现在我请读者朋友想想，就在她从长寿岛的渔人码头乘车回到宾馆的时候，她竟意外地收到一份惊喜，"春风"领导审批她的《烽火少年行》，考虑到该书的社会效益，决定正式出版。母亲的喜悦，你们能想象得到吗？我能想象，但很难描述。我除了替母亲深深感激春风文艺出版社的爱心和成全之外，更衷心祝愿母亲与她的文学旅伴像中国长寿村的老人一样，永远青春不老！